LOCUS

LOCUS

LOCUS

LOCUS

catch

catch your eyes ; catch your heart ; catch your mind……

catch 181
薩克斯風的巴黎熟成日記

作者：沈子傑

責任編輯：繆沛倫

美術設計：IF OFFICE、林家琪

校對：呂佳真

法律顧問：全理法律事務所董安丹律師

出版者：大塊文化出版股份有限公司

　　　　台北市105南京東路四段25號11樓

　　　　www.locuspublishing.com

讀者服務專線：0800-006689

TEL：(02) 87123898　FAX：(02) 87123897

郵撥帳號：18955675

戶名：大塊文化出版股份有限公司

總經銷：大和書報圖書股份有限公司

地址：新北市新莊區五工五路2號

TEL：(02) 89902588 (代表號)　FAX：(02) 22901658

製版：瑞豐實業股份有限公司

初版一刷：2011年12月

定價：新台幣280元

ISBN 978-986-213-307-1

Printed in Taiwan

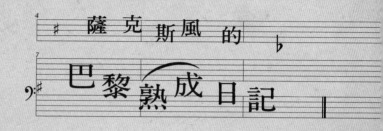

薩克斯風的
巴黎熟成日記

沈子傑 著·攝影

a musician in paris

推薦序 *01*

認識子傑時他還只是個國中生。

子傑從小在單親家庭長大，但常常聽詹姐（子傑他娘）以及其他更早結識詹姐的朋友說子傑極為乖巧，而且十分勤練薩克斯風。於是，在我與老公要拍攝戶外婚紗照時，因為想營造國外常見草坪婚禮的自然浪漫感覺，我們就商請子傑帶著薩克斯風與家人好友一塊兒入鏡。那時，子傑才剛升高一，一臉稚氣純真，現在則成為了一位帥氣有型且充滿自信的薩克斯風演奏家。

不過，說起來，子傑現在能夠如此站在舞台上演奏出悠揚的樂章，其實經過了一段試煉。一直令媽媽感覺窩心的子傑，升上高中後依然優秀，大學也考上了多人稱羨的私立名校，但是，一向貼心的他卻開始成為別人眼中的叛逆小子了——他是這麼地渴望有更多的時間與薩克斯風為伴，於是，他開始考慮是該順著世俗的價值觀走（好不容易考上了就乖乖念畢業啊，音樂不要當飯吃，當興趣就好）？還是應該跟著自己內心的聲音走？

那段時間，子傑是煎熬的，詹姐也是，因為她既心疼孩子的掙扎，又擔心孩子是不是真的清楚自己要什麼？所幸，子傑為自己的人生做了一個重要的決定，他也有個好媽媽願意尊重他的抉擇並全力支持他，現在我們才有這位傑出的青年演奏家。

確定要專攻薩克斯風之後，子傑毅然決然背起行囊，遠赴法國深造。一個人在異鄉的生活當然是辛苦的，但是子傑從來不在她娘與其好友面前訴苦，因為他知道那是他自己的選擇，也是他要摘下甜美果實之前的必經過程。於是，短短幾年之內，子傑就從完全不懂法文到說得一口流利且發音純正的法文，期間更不斷征戰大小的音樂比賽並屢傳佳績回台。

除了用心學習之外，子傑也常常充當我們的駐巴黎採購大使。有次，子傑為了我要幫別人找一頂帽子而走遍巴黎的大街小巷，還不斷傳 mail 圖片或詢問細節以做確認，使命必達的精神讓我好感動！

看著站在舞臺上的子傑，幽默地為大家解說樂曲，優雅地吹出動人的音符，用力為他鼓掌的我，感受到他為了夢想努力不懈的付出也看到了他的成長，我相信，因為熱愛與堅持，子傑未來一定能在樂壇上發光發熱，也期盼子傑的故事能夠激勵並鼓舞更多的年輕朋友走自己的路！子傑，加油！

知名主持人 **汪用和**

推薦序 *02*

　　讀著子傑訴說自己在巴黎的求學路，印象最深的莫過於他兩次非常戲劇性的畢業考。第一年考試，演奏風格和技巧孰輕孰重的爭議，讓子傑必須在巴黎多待一年，卻也得到受用的評語：「我覺得你是一位 Artist，我很欣賞你的演出，請你要繼續努力！」第二年捲土重來，高音完全失準，想必慘遭滑鐵盧，竟順利通過，而且得到可能更受用的評語：「雖然高音都沒上去，但是我卻很喜歡你其他的演出，高音難度很高連職業演奏家都很有可能會有這麼樣的一天，恭喜你！也希望你能夠更進步，以此為借鏡。」原以為窗戶轟然關上，卻有扇更大的門為他開啟，這種絕處逢生的經驗，對子傑堅毅心理素質的養成應該十分關鍵。

　　學音樂是條艱辛的路，必須持續不斷的練習，找到與它和諧共處的方式，才能自在篤定的走下去。子傑在巴黎的第一個「震撼」，可能是將自己歸零，被要求從基礎開始練起，拋開原有所受的訓練，一步步將基本功琢磨到細緻的程度，技巧與詮釋能力方能適時發揮出來，也印證莊子所言「無用之用，是為大用」的道理。

　　學音樂都會遇到低潮和瓶頸，重點是要怎麼走出來，並把它視為攀上高峰、突破障礙的必經過程。子傑在異地的深刻感受，幫助他釐清自己與音樂的關係，學會培養耐性並淬

鍊出堅持下去的勇氣，看他描寫自己經過時間醞釀和沉澱後的洗鍊成熟，雖然有點讓人心疼，不過是欣喜多於不捨。

子傑與老師的互動關係有如倒吃甘蔗一般，成為亦師亦友的生命夥伴，老師甚至一開始就大器地跟他說：「希望有天你能夠超越我！」更刻意讓子傑保有自己的風格與特色，這對台灣的教育工作者頗具啟發性。或許給老師最好的回報是，傳承他提攜音樂後進的精神，讓美善的漣漪效應擴散，做他人的天使。

出國求學就像與舊的自己搏鬥，一場與舊習慣對決的儀式，有挫折、失敗，有打擊、困惑，直到深度與廣度俱足的生命出現。子傑夠幸運，但是他非常努力，找到自己的位置，完全不辜負「流動的饗宴」帶給他的人文藝術及音樂涵養，我相信這些資產將永遠跟著子傑，豐富另一階段的人生。

朱宗慶打擊樂團首席 **吳珮菁**

推薦序 *03*

　　所謂「吾家有子初長成」，首先恭喜公關女王詹姊的寶貝兒子出書了，和大家分享他學習音樂過程的點點滴滴。

　　在西方國家裡，音樂家的社會地位備受尊崇，因為音樂家的養成過程是非常艱辛的。他（她）本身一定要有興趣和天份、要不斷的苦練、要能享受寂寞、要有勇氣、要能耐操、要能忍受挫敗、要能抵抗內心與外在的壓力、要具備堅持的信念和決心等等。此外，他（她）必須從小開始學習，有了父母親的全力支持，才能有持續的耐力，不被外界的誘惑而動搖。但多數人都因學習過程太辛苦枯燥、不耐寂寞，投資報酬率不成正比，結果選擇了放棄！

　　所以，我很佩服在學習中途轉行進音樂領域的子傑，他熱愛音樂，並充滿理想和抱負，才能在詹姊的全力支持下義無反顧地隻身遠赴法國巴黎深造，鑽研這個令人著迷的浪漫樂器——薩克斯風。他的音樂學習過程充滿積極進取的熱情，從陽光大男孩蛻變成穩重成熟的大男生：他受到主修老師的身教和言教影響，從原本的隨性者逐漸成為計劃者；他領悟到如何把握每次的低潮，進而走出低潮、突破重圍，化危機為轉機，開創光明的未來並且邁向康莊大道；他說：「學業的結束，新人生的開始。」的確，人生的前段在求學時期吸收專業知識，取得學位後轉入職場開始工作，這只佔人生

的三分之一；但是，佔三分之二的人生後段必須靠個人的努力打拼、機運的加持，「天時、地利、人和」三方面的完美搭配，人生才能如願順遂、圓滿無憾！

最後，我誠摯祝福子傑鵬程萬里，從此當個快樂的音樂使者，讓人生無怨無悔！

知名鋼琴家 陳冠宇

推薦序 *04*

　　這幾年寒暑假子傑從巴黎返台，我都會去參加他的音樂會，從音樂表演中了解他的學習成果。看著他自信從容的神情，穩健優雅的台風，對曲子獨到的詮釋方式，每次聆聽時總是會帶給我不同的感動。

　　與麗樺——子傑的媽媽是多年的好朋友，一路看著子傑長大蛻變，讓我甚感欣慰與驕傲。在我眼中看到的不僅是他在音樂、演奏技巧上的進步，更讓我感動不已的是他舉手投足間流露出的音樂家風範。

　　子傑七歲時，我幫他畫了一張肖像，他當時只是個純真稚嫩的小男孩，如今已是瀟灑有氣質的型男，全身散發著無比自信，站在舞台上能夠獨當一面，發光發熱。

　　這本書中記載了子傑在巴黎留學生活的點點滴滴，同樣曾旅居巴黎求學的我更能深刻感受到一個人在異鄉的艱辛與孤寂。書中一篇篇的小故事，讓我們看到了他對音樂的熱情執著與努力不懈。同時，在巴黎人文薈萃的洗禮下，豐富了他的人文素養與藝術靈魂，讓他對古典樂曲的詮釋有著更細膩獨到的解讀與想法。

　　很高興看到子傑在音樂築夢之路上一步步的成長、轉變，期許他在古典音樂界繼續深耕、精進。也獻上最深的祝福，期待他成為古典樂壇中一顆與眾不同的新星，譜出生命最動人的樂章。

旅法知名畫家 **陳香吟**

那年冬天來到巴黎，同時有好幾件事想做，一方面要來給好友Teresa慶生，一方面兒子阿朴想去拜訪學長、探詢留學歐洲的意義，我們還說好要去比利時安特衛普看看這個新興的設計之都與時尚之都，但我又提醒自己，一定要找正在巴黎學音樂的沈子傑出來吃頓飯，好好給他加油打氣。

這樣說話好像有點老氣橫秋，卻又完全是事實。我和子傑的媽媽是多年好友，號稱是「異父異母的兄妹」(有時候是姊弟，全看場合的需要)，子傑又只比我小孩大一歲，阿朴從小接收他的淘汰衣物，成了名符其實的「乞丐王子」，而我正是那種從小看子傑長大的「長輩」，也是不爭的事實。

子傑是那種很早就對未來發展有自己想法的成熟少年，本來有志於「外交」(一種很古典的志向)，對政治與語言都有興趣，我們也覺得這是「有為青年」，樂觀其成；直到有一天，他說想休學改讀音樂，把我們這些長輩都嚇出一身冷汗，內心不敢說出的旁白是：「這樣半途出家，真的行嗎？」

我沒機會目睹他比別人「認真兩倍」的學習過程，我猜想那不是容易的事。幾年之後，他剛從「國防示範樂隊」退役下來，在一場特地為他主辦的音樂獨奏會上，我們才真正看見他專攻古典音樂的薩克斯風的才情和成績，忍不住感到讚嘆與佩服。他希望繼續出國深造，問到目標留學地，他再度跌破我們的眼鏡，說：「想去法

國。」我們幾乎要像勢利的巴黎人一樣問他:「Vous parlez francais...?」

但沒有什麼事能攔住這位態度柔和、意志堅決的年輕人,幾個月後,他真的就遠走巴黎,後來的故事就是各位手中這本書的內容,我是不需要多說了。但當時我只能安慰他那位憂心忡忡的媽媽(哪位小孩要出遠門的媽媽不是這樣呢),我說:「別擔心,我有機會經過歐洲時,一定去看他。」

冬天寒涼,今晚是兌現諾言的時刻,Teresa幫我訂好位於十四區的著名小餐廳 La Regalade,我約了和沈子傑在Alesia地鐵站出口見面。時間到了,他戴著圍巾、提著樂器盒瀟灑地出現了。他沒有任何不適應的模樣,認真學習,開朗開心,法文流利,似乎享受著巴黎的每一刻。我們在餐館裡坐下來,點了菜,叫了酒,室內溫暖,時間緩慢流轉,我們享受了一個美好的夜晚。

我的加油和打氣似乎是多餘,子傑不需要人加油,他一天練薩克斯風超過八小時,還參加各種演出,日子過得充實;他也不需要人打氣,因為他根本就生氣勃勃,歐洲苦貴,日子當然不寬裕,但年輕人隨遇而安,苦中作樂,看起來開心得很。而且海明威不是說:「如果你有幸年輕時住在巴黎,那她將永遠跟著你的餘生,不管你身在何處,

因為巴黎是一種可攜式的饗宴。」"If you are lucky enough to have lived in Paris as a young man, then wherever you go for the rest of your life, it stays with you, for Paris is a moveable feast."

　　「可攜式的饗宴」當然指巴黎帶給你的是一種生活態度的影響，它變成你身體的一部分，你走到那裡都離不開它。我眼前這位年輕人是有福的，他的輕鬆自在和從容如意顯然即將跟隨他一輩子。我無需為他加油打氣，但這不妨礙我們像老朋友享用美食，暢飲美酒，並問及他巴黎生活的種種。他用一種幽默的口吻，描述他在巴黎的點點滴滴，有勵志有自嘲，我聽得頻頻點頭，覺得又有趣又放心，我不用擔心這個小孩了，他已經「熟成」為另一位即將改變世界的人。而各位手中的這本書，正是那個巴黎冬夜談話的擴大版……

網路家庭集團董事長 **詹宏志**

推薦序 06

一直都相信如果人們可以選擇自己的興趣,作為自己的職業其實是很幸福的一件事情!

本身對於古典音樂的熱愛,讓子傑在學習過程中知道自己該往何方向努力,但家人的支持,卻是讓他在這條路上跌倒時,能夠扶持他站穩往前走的支柱。當我知道子傑毅然決然放下所謂台灣「正規的大學文憑」,前往歐洲巴黎追求自己夢想時,一方面欣賞這樣年紀輕輕的孩子具備如此難能可貴的勇氣,另一方面卻非常敬佩子傑媽媽的開明與開放。現今大部分的家長都希望自己的孩子能夠按照社會給予的學歷標準,一步一步的拿到大學、研究所碩士、博士文憑,殊不知很多孩子其實在內心也擁有自己的想法及欲追求的夢想,包含設計、音樂、繪畫等藝術領域,但這些夢想可能礙於家長的保守反對而無法實現,真的很可惜。願意放手讓孩子去闖,讓唯一的獨子去面臨陌生國度的種種生活挫折,同樣身為母親的我,站在子傑媽媽角度來想,便深深體會到這是需要具備多少的愛與勇氣!

在學音樂這條路上,懂事努力的子傑很幸運地擁有許多好的機運:好老師、好環境、重要的是,還有一位好媽媽!

親愛的子傑,你擁有很棒的個人特質,永遠不要設限且精進自己,永遠懷抱赤子之心,專心努力自己喜歡的事物,

期盼現代古典音樂界能因你的加入而更加豐富多元！

　　期盼看完本書的讀者，無論你是對未來感到不安的在學生、剛出社會的新鮮人、亦或是入社會多年但仍不斷尋找自我定位的上班族，雖然計畫一開始可能會限於外在因素而迷惘，但務必好好傾聽自己內心的真正渴望，了解自己想追求的事物本質，然後，努力去實現自己的夢吧！

國家交響樂團暨琴首席 **解瑄**

Prelude

前奏曲

原本我也以為我會照著一般人的生活，

念完大學、當完兵、找份工作，

沒想到進了大學，

才發現我一點都不想走這條路。

於是我休了學、當了兵，飛去法國學音樂。

Avant Paris

飛去巴黎之前

雖然這本書講的是我飛去巴黎四年學薩克斯風、念音樂學校的故事,但我根本不是音樂科班出身,甚至直到去巴黎的十五個月之前,壓根就沒想到我要去那邊學音樂……

至於到底為什麼會跑去巴黎,我想藉由一個母子對談的「前奏曲」,為大家呈現出來。凡是故事都有兩面,這篇文章,我和我媽分頭進行跟編輯隔離討論、各自表態,就像是二重奏,大家可以欣賞一下同一件事情在不同人身上的不同觀點,有很多裡面的內容,連我自己也感到意外。

小時候
媽媽

我跟子傑從小是單親家庭,兩人感情不但特別親密,而且周遭的親友也都從小很愛護子傑,所以我常說,我們不但是健康的單親家庭,還是得人緣的「多」親家庭。

子傑小的時候有一次我們經過YAMAHA,我問子傑要不要學個鋼琴,他覺得很有趣,於是我們就去報了名。一開

始的時候他是全班最小的小朋友，而且音感很好，大家都很喜歡他，他學習起來也很有成就感。不過雖然子傑很有一點小聰明，也很聽話，不過有點懶，不算很用功，過了一陣子，等到課程漸漸困難就開始跟不上，看著子傑乖乖上課但常常含淚跟不上的狀況，我就退了大班制，請了鋼琴老師在家教子傑彈鋼琴。

不過每次逼子傑練琴都是苦差事。我還記得有一次我跟子傑講我逼他練琴這件事，我說：「將來你會感激我。」子傑回以：「現在我就不感激你了，將來我又怎麼會感激你？」令人好氣又好笑。

子傑

我到現在還是非常感謝媽媽當初強迫我去學鋼琴，但回想起當初選擇學鋼琴的時候，媽媽特別報名了親子班，為了能夠說服我去上課，她總是說：「我可以跟你一起從頭開始學鋼琴啊！」

這句話只維持了大約兩堂課左右，之後就因為工作太忙而曠課，這也是她現在唱歌還是五音不全的原因吧！媽，別再曠課了。

大學時期的晴天霹靂
子傑

高中時期的我，成績並不算是太差，大多都落在十名左

右，令多半學生苦惱的國英數，並沒有困擾我；反而是只要背多分的歷史地理，我很少及格。這也變成我跟媽媽之間的固定吵嘴話題之一，她總是說：「最簡單拿分的你不拿？你懶成這樣！」我的老梗就是回說：「最難的我都可以，剩下那些不太重要啦！」

　　我從四歲就接觸鋼琴，高中開始想學第二種樂器，我提了大提琴、薩克斯風、爵士鼓，媽說大提琴弦樂器太貴，爵士鼓都排在樂團後面，最後選擇薩克斯風，加入了管樂社，也莫名奇妙成為社長，在社團的時間開始慢慢增加，練樂器的時間也就相對的變多，到了高三要推薦甄試的時候，就當老師、同學們以為我會去選音樂系或是外文系的時候，我撕下了政治系，一方面是希望能讓媽媽感到欣慰，兒子選了跟她一樣的系所（雖然不同學校，我自知沒那種念台大的本錢）；另一方面則是媽媽對我說：「我經紀過很多成功的音樂家，他們都很有毅力、很自律，但是你沒有。」她一直認為那個會在鋼琴上面彈巴哈彈到睡著、不喜歡練琴的我，沒有毅力，也自然沒有成為音樂家的條件。

　　就這樣，推薦甄試後順利的考上了東吳政治系。在我印象中，大學生活自由得就像電影演的一樣，大家可以做自己想做的事情、選自己喜歡的課程、結交朋友，共渡瘋狂的青春歲月。所以我也就照著我印象中的大學生模式前進：選我喜歡的課，但發現好課大家選，要憑運氣才能選上；而那些上課照本宣科，一字不漏的老師，就是讓我在教室裡面呼呼

大睡的安眠藥，那我寧願回家睡我的床，自己看課本，還可以掌握自己的時間。過了自由愉快的半年，之後等著我的就是──退學。

　　知道會被二一之後，自己也很不敢相信，更怕的是讓媽媽知道之後她會做什麼反應？退學通知單寄到家裏那天，媽媽晚上打電話來給我咆哮出的第一句話：「沈子傑！你在幹嘛？你知道你被退學了嗎？」回到家之後，很少看到媽媽流眼淚，但今天卻是兩行淚水流不止，從小很少讓母親失望的我，我知道這次讓她真的失望了。

　　那陣子我跟媽媽陷入好比二次大戰時期美蘇兩國的冷戰，鮮少講話，我也賭氣不拿家裡零用錢，自己跑去巷口的subway打工，回家之後就直接進房間，將房門鎖上，想要證明我不用靠她也能夠自己獨立；媽媽那邊則是不斷找各個阿姨叔叔伯伯來找我聊天，希望能夠開導我，說服我的人生應該要怎麼走，最終我也妥協了，決定考轉學考，先乖乖把大學唸完。既然已經決定了，轉學考的國文、英文、政治學自然難不倒我，加上以前同學、學長姐幫忙要考古題，很輕鬆的我又以第一名考回去東吳政治系，雖然好不容易再一次的回到學校，但一進到體系裡，我的反骨個性又浮上來，又開始覺得無趣，所以讓歷史再度重演一次，只不過這次，媽媽跟我在家裡是抱在一起哭，我說：「媽媽對不起，我真的不想要這樣，但是我實在沒辦法。」後來經過幾次家族會議（其實也就我跟我媽），決定讓我出國念音樂，雖然大學學業方

面像灘爛泥，但是音樂領域卻像蓮花一樣，出淤泥而不染。
舉辦幾次個人獨奏會、參加國內幾次比賽都屢獲佳績，給了
我出國唸音樂的勇氣，也讓我找到另外一個方向與出口，雖
然不知道是否能夠真的在音樂方面得到成功，但當時只知道
我的人生須要不同的嘗試。

媽媽

「子傑，你為何連期末考都不去考，你被退學了知道
嗎？」，接到學校的退學通知，我簡直晴天霹靂幾乎崩潰，
無法相信一向品學兼優的孩子，怎會上了半年的大學就翹課
太多品行不良，成績過半不及格被退學。

「我對政治系沒興趣，我想唸音樂。」

「不要逃避責任，沒有大學文憑以後如何生存？」

「我不想浪費時間，學一些我沒興趣的東西。」

那段日子我完全處在焦慮的狀況，從小聽話乖巧的子
傑，怎會變成如此叛逆？

我們母子的互動一向是很多朋友稱讚與羨慕的，怎會變
成如此緊張與對立？常常劍拔弩張隨時要爆炸的感覺，子傑
每天把自己關在房間裡，根本無法好好的溝通，最後子傑不
忍媽媽蠟燭兩頭燒，要拚事業又要擔心他的課業，終於妥協
答應重新準備插班考，隔年以第一名成績考回東吳政治系，
誰知唸不到幾個月，老毛病又犯了，覺得政治系根本不適合
他，媽媽心疼他每天像行屍走肉一樣，找不到自己生活的重

心與目標，我怕自己的傳統思維變成抹殺他天賦的頭號殺手，這次媽媽妥協了，不顧家人的反對以及親朋好友異樣的眼光，毅然的支持他，放棄國內的大學生涯，追求他自己的興趣與理想。

當兵與出國

子傑

決定要出國之後，還有個問題沒解決，就是兵役問題。經過詢問之後，兵役課說現在兵太多，要等三個月後才能入伍，但是算算退伍時間，要是真的晚三個月當兵就銜接不上國外學期的開學了，所以媽媽跑去區公所拜託是否能讓我提早入伍，結果真的是皇天不負苦心人，中山區兵役課的小姐將我併入別的行政區，可以提早體檢與分發，就這樣開始我的軍旅生活。

當兵期間我進入了國防部示範樂隊，在那裡認識了很多音樂系的同袍弟兄，我才真正體驗到音樂系學生們練琴指的是：每天都在琴房裡面！比起我三天打魚五天曬網的態度簡直差的天南地北遠，大家的專業也讓我知道自己的不足，開始稍微增加練琴的時間及次數。在國防部示範樂隊當然我是吹薩克斯風，出的勤務包括外國元首來訪、總統府月會、國慶會操、元旦升旗等等。剩下的時間就是我自己練習樂器的時間。

在軍旅生涯的後期，不忘我的出國唸書夢，我從小英文

就不錯，媽媽也逼我去考了托福，如果要去美國留學，語言應該沒問題，但是最後我決定去巴黎，增加另一挑戰——法文，雖然去惡補了三個月的法文課，就是怕到了法國一個字都蹦不出來，但是真正到了巴黎，又是另外一回事了。

媽媽

　　經過一年多軍旅生活的沉澱與蟄伏之後，子傑帶著只學了三個月的法文，拖了一個大皮箱就隻身前往陌生的巴黎學習音樂，對於不是音樂科班出身的他，要應付語言的障礙，又要應付沒學過的樂理，還要苦練主修的薩克斯風，一定吃了不少苦頭，經歷了許多不為人知的挫敗與磨練，也不知度過多少個躲在背窩裡哭泣的日子，我也只能在他學習低潮的時候鼓勵他，在他沒錢的時候匯款接濟他，拜託朋友出差或旅遊巴黎時帶他出去打打牙祭……四年來一個人在巴黎的獨立生活，透過有紀律且不斷的訓練，如今看到他的成長與進步，子傑真的做到了，今年終於如願的拿到國立巴黎音樂院的最高演奏家文憑。

　　環顧周遭，我發現有許多的年輕人，對未來感到迷惘，找不到自己方向的比比皆是，在職場上碰到許多年輕的應徵者頂著大學、研究所的高學歷，但是程度、能力上並沒有競爭力，所學的科系與找工作的類別完全不一樣，只好不斷換工作碰運氣來找尋自己的興趣與方向，很可惜浪費了年輕的歲月。

　　子傑很幸運能發掘自己的興趣與天賦，為了他的理想，為了他的音樂，選擇了截然不同的人生，未來這條藝術之路必然充滿荊棘與辛苦，希望子傑能不斷燃燒自己的熱情，挑戰自己的極限，未來能在舞台上發光發亮，子傑！加油！

音樂家巴黎熟成年表

le Cronique du musicien à Paris

2007 — 2011

Start !

**台大視聽小劇場
個人音樂會**

2007
08

2007
07

示範樂隊退伍

Comment ça va ?

à bientôt !

抵達巴黎

2007
09

報名語言學校

PARIS SORBONNE UNIVERSITÉ

報名素邦語言學校(考分級考的時候挺尷尬的,因為沒有一題看得懂…)上了半年的語言課程。

之前在台灣上的法文程度大概只有 bonjour 之後再個兩句自我介紹就結束了,而且台灣聽到的法文速度,好像是遙控器上的四倍慢速一樣,踏入法國國土馬上就感覺到落差,幾乎完全聽不懂,幸好我還有點語言天份才不至於消失在法國街頭。

與指導老師見面

與老師見面之後,發現程度太差無法直接考進演奏班,只好從業餘演奏開始,當先修班,程度太差只能練音階。

LA POSTE

報名郊區小學校 Savigny sur-orge

因為只要參予管樂團排練及演出,學費全免,當年跟著管樂團參予了一次、二次大戰紀念日的演出,當地市長的就職典禮演說、去鄰近城市演出,一次二次大戰紀念日都需要演出法國國歌,讓我有種又回到示範樂隊的感覺,一樣站在室外、一樣旁邊有軍人拿著旗子跟槍,只是從中華明國國歌到馬賽曲的差異罷了。

PARIS

參加 Claude Pascal 大師班及音樂會

2008 03

2008 04

比賽
Concours Artistique d'Epinal

參加法國東邊城市 Epinal 的比賽,得到第二獎
(比完賽還沒公佈成績之前,我去旁邊餐廳吃飯巧遇評審,
服務生還要幫我去跟評審說請他們給我好成績)

第一次比賽
一第一次打擊?

2008 05

比賽
Department de Loire Atlantique
Concours International de Saxophone

參加了第一次的比賽,在
Dreux 小鎮,被評審說吹的很
爛,第一次的打擊。

其實在法國,這個薩克斯風
的發源地,有大大小小的音樂
比賽,有國際級的也有地方性
的,參賽者也是非常國際化,
幾乎全世界五大洲三大洋的音
樂家都聚集在這裡,除了比賽
也是一種交流。

2008 02

參加法國中部大城市 Nante 所舉辦的比賽,得
到第二獎(那次經驗蠻有趣的,我自己訂旅館,沒想到
訂得離比賽的場地超遠,走走路走將近 50 分鐘,托行
李、背樂器走石頭路,走到登機箱輪子都壞掉,後來還
好有好心的法國夫妻開車送我到旅館,隔天比完賽還
剛好遇到冰雹,結果又是那對法國夫妻開車接我,後來
才知道原來她們是比賽的工作人員)

Savigny sur-orge 音樂院畢業考

2008 06

我得到金包銀獎,沒能通過,但遇到二月比
賽時的評審,他說相隔四個月,完全聽不出來是
同一個人吹奏,意思是我進步神速啦!

見識法國效率

辦理居留證、網路、電話,受到
法國人低落的工作效率影響,花了
將近三個月家裡才有網路,才能順
利與台灣的家人聯絡。

至今我仍然不明白,為何要申請
什麼都要用郵件?居留證要等他辦
完寄給你、網路也是等他寄給你、
電話也是等他寄封信來開通;就連
解約,也是要郵寄回去附回郵信
封,然後再等他寄給你…

同月跟隨 SAVIGNY-SUR-ORGE
管樂團於市地市政府演出協奏〈棕髮女孩〉

個人獨奏會

2008 08

在巴赫廳舉辦個人獨奏會。同月在台北工業銀行演奏
廳"仲夏夜",聽見巴黎"音樂會上與法國薩克斯風演奏
家 Yann LEMARIE 吹奏薩克斯風二重奏。因為巴黎有
句俗語,「暑假巴黎沒有巴黎人,只有觀光客」自認為巴
黎人的我,自然而然回到故鄉台灣;但是整個暑假又不
能都不碰樂器,最好的方法就是每年暑假都開一場個人
音樂會,讓自己保持在音樂不離身的狀態。

AIR MAIL

METRO

2008 09

考進巴黎市立音樂院
Conservatoire
a rayonnement
regional de paris

市立巴黎音樂院薩
克斯風高級班以及私
立拉赫曼尼諾夫音樂
院薩克斯風高級班

2008 12

跟隨 SAVIGNY-SUR-ORGE 管樂團演出

於市政府演出協奏＜柴達斯舞曲＞慶祝創團 20 周年紀
念音樂會，因此登上了當地藝文活動介紹冊子推廣音樂。

同月參加 Savigny sur-orge 音樂院的聖誕音樂會演出四重奏，
以及市立巴黎音樂院的聖誕音樂會合唱團中擔任男高音（這挺有趣
的，我參加了兩年的合唱團，第一年唱男高音，第二年唱男低音）

巴黎高等音樂院入學考

2009 01

2009 03

比賽
Concours National de
Musique de Lempdes

獲得三等獎章

挑戰巴黎高等音樂院入學考，沒成功......
　　有著一輩子只能考三次的規則，加上嚴格的年
齡限制，我只能說我真的跟他無緣，而巴黎高等
也就成了我唯一有考卻沒有成功的學校。其實我
後來念的巴黎市立音樂院，其實就是以前巴黎高
等音樂院的故址，那些古典樂界的名人、德布西、
白遼士、聖桑等人以前就是在那裡成長的。

2009 01

薩克斯風周演出

參加巴黎七區區立音樂院所舉辦的
薩克斯風周比賽與演出（沒有參加比
賽）演出薩克斯風七重奏及十二重奏位
於巴黎七區的 salle adyar

2009 07

2009 06

SAVIGNY-SUR-ORGE
音樂院畢業

取得畢業學分

通過市立巴黎音樂院
的合聲學及室內樂課程
拿到文憑所需要的學分

以金牌獎從 Savigny-sur
orge 音樂院畢業。同月以最高
級別榮譽獎加上評審一致祝賀
從拉赫曼尼諾夫音樂院畢業。

Love life 愛希望勇氣
慈善音樂會

2009 09

與知名豎琴家解瑄／朱宗慶打擊樂團首席吳
珮菁／美女小提琴家盧佳君於國家音樂廳共同
演出 Love life 愛希望勇氣慈善音樂會。暑假
期間回到台灣，為了與多位目前台灣當紅的美
女音樂家演出，除了認真練習樂器之外，還能
夠上廣播接受專訪、電視訪問等等宣傳事宜。

2009 12

取得畢業學分

於拉赫曼尼諾夫音樂院舉辦 Yann Lemarie
薩克斯風獨奏會中，擔任演出嘉賓，並演出獨奏
曲 Robert Muczynski 所做的 sonata

PARIS

巴黎四重奏演出

以薩克斯風四重奏高音薩克斯風手身分於巴黎十區區立音樂院中演出

台北國家演奏廳
〈這不是薩克斯風〉
沈子傑2011薩克斯風獨奏會

2010
12

2011
03

本以為學業會在2010年結束，所以前一年就預定好國家音樂廳的檔期，要來當作結束學業後的首場演出，但計劃趕不上變化，只好寒假專程回來在國家最高的音樂殿堂演出

2010
08

薩克斯風
三重奏音樂會

巴黎市立音樂院
薩克斯風術科考試

未能通過

在廣藝廳與台北工業銀行演奏廳與法國知名薩克斯風手YannLemari與日本鋼琴家Misaki Baba組成的薩克斯風三重奏音樂會

2010
06

2011
05

比賽
Concours de Musique
et D'Art Dramatique de
Leopold-Bellan

比賽
Concours de Musique
et D'Art Dramatique de
Leopold-Bellan

獲得薩克斯風組第一獎

獲得薩克斯風組最高榮譽獎，同月以薩克斯風四重奏高音薩克斯風手身分於巴黎十區區立音樂院中演出，並受邀參予巴黎藝術大學聲音科系的畢業展中錄音演出(第一次錄音)

2010
05

取得樂理檢定學分

通過巴黎市立音樂院樂理檢定，得到文憑所需學分

2011
06

獲得巴黎市立音樂院
D.E.M音樂教育文憑

2010
03

參與偶像劇〈那年，雨不停國〉中
男主角吹奏薩克斯風時的手部替身

通過巴黎市立音樂院薩克斯風演奏班考試並獲得Conservatoire a rayonnement regional de paris巴黎市立音樂院D.E.M音樂教育文憑

寒假回台灣過年的時候，意外的看到公視有在徵求會吹薩克斯風的男生，所以遞了履歷就過去看看，希望能夠長個經驗，看看拍戲到底是怎麼樣一回事

2010
02

小美人魚音樂劇演出

同月，參加駐音樂院音樂家Finzi女士所做的小美人魚音樂劇中擔任高音薩克斯風的演出

巴黎 american church 演出

於巴黎七區美國教堂american church演出薩克斯風重奏團並與世界大師Jean-yves Formeau演出葛拉茲諾夫協奏曲

第一樂章

音樂生活

La Vie de la Musique

Chapter 01

拜師學藝，從頭吹起

儘管在台灣已經開過演奏會，
沒想到去了法國還是得從頭學起，
考學校、考資格、參加比賽、參加樂團……
自信心一下被擊毀，又慢慢重建。
大家都說學音樂讓人有氣質，
沒想到念音樂也能如此的驚險刺激。

La première année

我與老師的第一年時光

　　很多人都希望一輩子能夠遇到一個貴人，遇到一個伯
樂，或能指引方向，或直接給予幫助。而我，很幸運的在
巴黎遇到我人生中很重要的一位貴人——我的老師Yann
Lemarié。在巴黎的四年中，我在他身上學到的，不僅是音
樂技巧與知識的增長，還有很多人生的歷練與成長，說起我
們倆的關係很微妙，亦師亦友，發生太多太多有趣的事情，
真要說，大概能像天橋下說書一樣，連講幾個月都說不完。

我跟老師的緣份

　　我在巴黎唸書時住的是拉威爾公寓。說起來，我跟老師
的緣分正來自於拉威爾音樂宿舍，而且這個世界上再也沒有
比「緣分」更貼切的詞來為這個故事下註解了。

　　一切要從十幾年前說起：而且故事的開頭，主人翁不
是我——而是要從我老師Yann Lemarié的學生時代開始說
起，當時他也住在這個拉威爾宿舍，常常從音樂院練習之後
回家就已經快要累癱了，某日回到家，又聽到有人在吹薩克

斯風,已經練了一整天之後耐性難免比較差,所以他決定去敲門請在奏的人不要再吹了!於是他擺出張臭臉,希望能夠嚇到對方,誰知道敲敲門之後,出來的是一位身高一百八的亞洲人,他馬上變成懦夫一個,開始寒暄起來,而那位亞洲人就是我薩克斯風的啟蒙老師──胡東龍先生,這就是他們相遇的故事,這層關係隔了一代之後傳到了我身上,我到了法國,跟了老師開始了這段新台法關係。

在音樂圈,大都還是以師徒制的型態在傳承,就如同一些需要專業技術的傳統產業,所以常常可見到音樂家履歷表上寫著師承某某大師之類的字眼,後來學校制度發展之後,老師也逐漸轉變為「指導教授」了,一段師徒關係可能是很美好,兩人變成永遠的朋友;抑或是結束學習生涯後便打死不相往來,我的老師在他的學生時期是個火爆浪子,每每只要老師一跟他有意見不合,就是吵架,所以跟以往學過的老師全部都以交惡收場,他還為此特別提醒我,要注重這段師生關係。

與巴黎初遇

首先就讓我先從剛到巴黎的第一年說起吧。

那時候帶著一股雄心壯志到達巴黎,第一次跟老師見面,他就要求我吹奏一首我拿手的曲子給他聽聽看,於是我吹了葛拉茲諾夫(Alexand Glazunov)〈給中音薩克斯風的協奏曲〉,當時剛在台灣辦完出國前的音樂會,所以信心滿

滿，心想應該可以聽到不錯的評語，結果一吹完，老師卻冷冷對即將考入學考的我說：「你應該考不進巴黎音樂院！」我那時心裡除了感到驚嚇與錯愕之外，還多了一股不甘願，當下只覺得一定是哪裡搞錯了，再怎麼說，我應該是有一定的水準之上吧，怎麼可能連入學考都考不進去呢？

現在回頭想想，當時真的是太自不量力了，因為那年的入學考曲目是〈布列塔尼幻想曲〉，是一首難度相當高的曲子，老師那時候以一句「你現在才到巴黎，只剩下一周就要考試，你是沒有辦法練好它的」來說服我放棄當年的入學考。他是對的，這句話馬上就在一個禮拜後的考試中應驗，我到現場聆聽，考生的水準之高，就算我真的練了，也練不起來。結果，我到巴黎的第二年才考進巴黎音樂院。

這首〈布列塔尼幻想曲〉讓我到現在還是很自責，沒有機會好好表現它，但老師對這件事也有一番自己的見解，安慰我說：「一輩子有太多音樂要去追尋，不可能每一首曲子都可以練好。」

第一年他為我訂立了計畫——接下來的四年，他更是每年都幫我規劃一大堆的計畫與目標——並且對我說，為了讓我能夠獲得最多的上課時間，他建議我註冊他所任教的另一間小學校，有點像入學前的先修班，雖然在比較遠一點的郊區，但是一周能夠在固定的課單上，多上一小時的課，對於剛到巴黎的新鮮人，何樂而不為？

就這樣我在老師的推薦下，順利的先上SAVIGNY-SUR-

ORGE（為巴黎市郊的一個城市裡的當地音樂院）音樂院一年，加入SAVIGNY-SUR-ORGE管樂團與指揮和團員度過了愉快的兩年，後來因為太忙才沒繼續與他們合作。在此特別要謝謝SAVIGNY-SUR-ORGE音樂院院長兼管樂團指揮的照顧，每年管樂團的音樂會，都給我與樂團演出協奏曲的機會。

第二年開始，除了我終於通過了入學考，考上了巴黎市立音樂院之外，老師剛好接了私立拉赫曼尼諾夫音樂院的教師職位，為了讓我們有更多時間上課，他又建議我去報名，這樣我就同時上了三間音樂院，每週可以得到三小時的個別課時間，他才有時間徹頭徹尾的改造我。

打破既有的技巧

我的老師Yann Lemarié在第一次見面後表示，在我的音樂裡面聽到了一些我有自己想法的獨特聲音，但是技巧上不足，使其無法支撐我的想法，所以他希望從基礎開始練起，希望能夠打破過去我所受的訓練，這對我真是莫大的打擊。

重新開始！重新開始！於是我們真的……重新開始。彷彿我是剛拿起樂器的新生兒，從發聲方法開始重新學習，整個學習的過程就像在看Discovery頻道，從細胞的組成，看到微小的分子開始慢慢不斷的組合；我們從ppp（pianisisimo，極小聲）的發聲練習開始，一開始就遇上了很大

的障礙！我竟然沒辦法達到他的發聲目標，細微的控制力不足，就會造成以後聲音效果無法表達足夠的差異度或是欠缺細緻程度，就這樣這個我們稱為「sons files」（發聲練習）的練習為我最主要目標持續了好幾個星期，一直到現在，每天要練樂器之前我還是會做一下這個練習，彷彿一定要這樣，才能吹出甜美的音色。

在通過發聲練習的考驗之後，就開始了困難的音階練習，這至今仍然是我的夢魘，那幾周，沒有曲子、沒有練習曲，只有音階，每天就是跑音階，要吹到很完美的平均真的是很困難的一件事情，常常不是指法錯誤就是聲音不平均，而且只要是一不平均，老師就會要求重新來過，基本音階吹完之後，還有三度、琶音、屬七和弦以及半音階，現在想起來心中的恐懼依舊常常影響著我，不只是我，就連那時住我隔壁的室友大概也聽膩了音階吧！

就在練膩了發聲練習與音階之後，終於得以進階，有練習曲可以練了！這是第一次終於被允許能夠吹奏一首像曲子一樣的音樂而感到開心，我想我真的像個小嬰兒一樣，從翻身到爬動邁進了令人雀躍的一大步，技巧型的練習曲以及著重於聲音表現的練習曲陪伴了我不少的無聊時光。

經過了四年，我的技巧能夠有明顯的進步與成績，還真要歸功老師當時堅持要求的基本功。從那時候開始，也慢慢開始找回了些許遺失的自信心，從開始試奏音符到整首完成，並且將有困難的樂段特別挑出來練習，每周最大的心願

就是能得到老師的簽名，因為簽名代表通過這階段的學習，第一次拿到老師簽名時的喜悅與成就感，到現在我都無法忘懷。

經過一段時間的穩紮穩打，有了一些基礎之後，老師決定要將自己的孩子推上戰場，允許我去參加一些比賽挑戰自己，殊不知在第一場比賽我好不容易建立的信心就被擊毀，當時評審的那句評語：「你吹得很爛。」至今還深深的烙在我內心深處。老師得知這段故事之後，一邊碎碎唸埋怨評審的毒舌、一邊安慰我，希望我不要放在心上，日後的比賽漸漸也都有得到不錯的成績，或多或少彌補我內心的創傷。

A.I. 20, 209

第一次因為練習曲通過而得到老師的簽名，看到還是有份感動，雖然只是個開始，卻意義重大。老師自己也說，每個人都有自己的收藏，他很驕傲的是得到很多老師的簽名，這是走過的痕跡。

2007.09.16我像其他留學生一樣，為了完成夢想買了單程機票，揹著我的樂器隻身前往未知的都市巴黎。C3登機門、BR087飛機，一切就好像昨天。

聽說巴黎什麼都貴，所以頭髮還特別去剃個小平頭，希望可以省下剪頭髮的錢，沒想到…巴黎很冷，買帽子又花了我一筆。

第一年在巴黎正式演出完跟老師的合照，在二十區音樂院的演奏廳，俗語說：「景物依舊，人事全非。」現在連景物在去年翻新了，人也非吳下阿蒙，他見證了我四年來音樂上的成長，我則是見證了他四年來體重的成長…

Contre vents et marées

把握每次的低潮

　　如同天空偶而也會刮風下雪，不可能永遠萬里無雲，
在學音樂的路上，我也經常有著停滯不前、困惑、懊惱等感
覺。我相信不只是音樂家會遇到，各行各業或多或少都會有
無法突破的低潮期。就像股市會有高有低、人生也不可能永
遠都在高峰期，如何能夠走出低潮，突破重圍，迎向預期的
未來，真是一門很高深難修的學分。

失敗的挑戰

　　事實上，我大約每三個月就會有種遇到瓶頸的感覺。記
得來巴黎的第二年，好不容易的考上市立巴黎音樂院，由於當
時的年紀還能夠挑戰巴黎高等音樂院的入學考（規定二十三歲
以上就不能參加入學考，而我那時已經二十四歲，幸好兵役問
題可以抵扣一年），雖然這個考試對我來說根本就是不可能的
任務，但老師十分鼓勵我去挑戰，他對當時裹足不前的我說：
「有沒有考上並不是最重要的，重要的是你這一輩子有參與過
這個挑戰。」是啊！至少要試了才不會有遺憾，至少我有參與

過!努力過!這句話讓我當時內心充滿動力,因此我不僅報名
參加,甚至還妄想著自己能夠創新台灣薩克斯風界的紀錄,成
為第一個考進巴黎高等音樂院的台灣人。

為了參與這場考試,我卯足全力準備,那股動力足足
燃燒了將近三個月,每天持續進行將近八小時的練習,吹到
嘴巴都破皮流血,常常吃東西或喝水都是和血吞,那大概是
我自認為這輩子最認真的時間吧!沒想到我在第一輪就被刷
掉,雖然是在預料中的事情,我還是感到有點懊悔,與其說
難過沒有考過,但其實在我心裡面最難過的事情,是在於沒
有完全地發揮表現出自己的實力,當天的我,並沒有演奏出
自己期望中的音樂。

在那之後的兩個月,我彷彿忘記該怎麼吹樂器似的,
感覺好像有些迷失,什麼都不對勁。不滿意吹錯音、不滿意
音色,因為不滿意自己而不想練習,只想要逃避。直到某次
上課老師似乎也感受到我的焦慮,對我下達一週不得碰樂器
的指令,理由是:希望我能夠放開,不要去想任何事情,放
鬆,去看看電影、逛逛街,做任何事情都好,就是不要再做
跟音樂有關的事。我雖然狐疑,但還是乖乖地照著做,之
後才發現,把自己放空,完全的置身事外,不去想在意的事
確實有用。一段時間過後,當我又重新將樂器握在手上時,
每吹一個音都覺得格外新鮮,覺得有種老朋友好久不見的感
覺,既興奮又滿足,因為我知道,這樣子的吹法,是專屬於
我,而這樣的音色,也只有我才能創造,終究,這還是屬於

我的一個小小世界。

　　但我也得承認，不是每一次都能靠自己走出低潮，每當我遇到瓶頸，週遭的朋友，特別是女朋友，最能夠感受到我的不耐煩跟煩惱，因為我會陷入一個黑暗而鬱悶的世界，在一團迷霧中，試圖找到那迷失的一個感覺、一個音色，甚至是一個真實的自我，在這時候我特別在意是不是有人能夠了解我的感受，並且給我一個方向，雖然有時候會因為無法得到我想要的答案而生氣，喪失掉原本樂觀的自我，跌入更深更無底的深淵。但終究，音樂就是我，我就是音樂，應該說我們的關係緊密而不可分，需要靠自己在時間中悟透，才能夠知道自己缺少是什麼，並且在生活中尋找到解答。

耐心的價值

　　音樂家經常在不斷的進步之後，會有一段時間表現持平，而持平對於急於進步的我來說，就等於「沒有進步、沒有突破」，這會帶給我心中無比的挫折以及失落。但其實，靜下來沉澱之後，我慢慢發現那只是一個緩衝期，是為了下次的進步而做的準備，人們總是會因為無法得到預期中的進步而失去耐性，蕭邦也曾經說過：「時間是最好的檢查者，而耐心才是最高明的指導者。」

　　耐性是遇到低潮時期最需要具備的精神，只要持續等待著、相信著，秉持著不放棄的信念，就能看到下次往上爬的時機。

巴黎高等音樂院，這個孕育多少傑出音樂家的搖籃，可惜我與他無緣，只能偶而去探望朋友們或是聽聽音樂會，雖然沒有考進去，但是我很榮幸我有參與過一次所謂音樂界的奧運。電影版的交響情人夢裡，女主角野田妹就是在這裡上課的，他們在巴黎拍攝時討論版上都有說他們今天可能會去哪些景點，身為一個交響情人夢迷，我還很傻很天真的以為可以在街頭遇到拍攝團隊而每天逛觀光景點呢！

La quelle?
選樂器？選女朋友？

老師常對我說：「對待樂器就要像紳士對待女朋友一樣，要溫柔的對待。」所以說，我們選樂器就像是在選女朋友一樣，可要好好的精挑細選才行。確實，樂器就像是音樂家的親密戰友與親密愛人，有的音樂家甚至會跟自己的樂器對話。跟自己的樂器相處，就像是在跟自己的女朋友相處一般，有著微妙的氛圍，有時一場完美演出後，音樂家會輕輕撫摸著她像是撫慰她的辛勞，有時你會因為表現不好而對她生氣，甚至把她丟在一旁。她雖然不會說話，但是她總是能夠用別種方法來表現她的不愉快！

精挑細選挑樂器

來到巴黎的第一年老師就對我說：「你該要換樂器了！」這把陪了我將近六年的薩克斯風並非是我自己挑的，而是媽媽託朋友陳明達伯伯從巴黎帶回來的，當時我對樂器沒有太多研究，只知道這個牌子的樂器最好，所以就想要虛榮一下，買個最好的樂器，還記得剛獲得她的當晚，我還興奮的

抱著她睡覺。手工做的樂器每把都有很不同的個性，花了幾年相處之後，我發現，或許她並不那麼適合我，於是我跟媽媽商量一下，決定要聽老師的話換一把樂器。

老師很熱心的要陪我一起去挑選，我們約了一個兩個人都有空的時間，準備要從吹嘴開始挑起，幫我做個全身大改造。我們大約中午左右抵達了位於紅磨坊附近Vandoren吹嘴的總公司，進去後，老師便請經理出來協助我們挑一顆好吹嘴，經理聽我吹了幾個音後到抽屜摸了摸，摸出了兩顆吹嘴出來，一顆 AL3、一顆AL4，放在我面前，這兩顆兄弟吹嘴雖然只在開口上有些微差距，但是吹出來的效果卻有著天南地北的差異。

AL4我拿上口吹奏時根本吹不出聲音來，而AL3則是馬上就能夠吹奏出一些音樂，但過了十分鐘之後，我開始慢慢了解如何跟AL4相處並且發出聲音，就好像一個外表冷若冰霜的女生，感覺難以親近，但是經過幾次相處之後慢慢開始摸索出適合彼此相處之道似的。當天經理對我說：「兩顆吹嘴你都帶回家試試看，不要急著做決定，一星期之後再把你比較不喜歡的還回來就好。」其實那時我心裡早已有所屬，我向來喜歡挑戰，所以最後我選擇了比較困難的AL4。

之後我與老師又匆匆趕到樂器店，準備上場今天的重頭戲——挑樂器！進到樂器店，老師請店員拿出他們店裡的現貨，今天總共有四位候選人！在我很興奮的想要拿起來吹之前，老師阻止了我，他說：「我先挑！」我就只好乖乖在旁邊

看著他仔細的挑選未來有可能變成我女朋友的樂器，好像要
挑女朋友之前還要先經過家長篩選鑑定一樣。他把四把樂器
都輪流拿起來吹了一遍之後，排出了他心中的名次；再來換
我的「第一類接觸」，我也把樂器輪流拿起來吹奏了一遍，我
們有默契的剔除了後兩名，只剩下兩位候選人，我迫不及待
的要決定獎落誰家的時候，老師又阻止了我，並說：「你明天
再來一次，到時候再決定你要哪一把。」老師的意思應該是
叫我不要太衝動選擇女朋友吧，離開時老師請店員將前兩名
的樂器保留下來，並說明隔天我會自己前來確定。

　　當晚，我到家後仍然掛念著有可能成為我女朋友的樂
器，想到它還在樂器店等我明天去接她，整晚都處於興奮狀
態而睡不著。隔天我一起床就直奔樂器店，店員拿出昨天預
留的兩把樂器，但我早已經忘記哪一把才是昨天的第一名，
於是我又把兩把樂器拿起來不斷輪流的吹奏，經過一段時間
的相處，發現這兩把樂器有著截然不同的個性：一把的個性
開朗，音色聽起來有如陽光閃耀的天氣，萬里無雲，光吹奏
心情就會好起來；另一把感覺雖然開朗，但是仔細聽起來似
乎又多了淡淡憂鬱的氣息，是晴天但多了幾片雲，讓人摸不
透。站在這個交叉路口，我猶豫著，兩條路似乎都是很不錯
的選擇，但是終究必須要擇其一。最後，我挑選了第二把，
因為我的個性本身就很開朗，如果挑選第一把一定可以很合
得來，但是第二把那種憂鬱的音色卻讓我難以放手，很想要
挑戰看看未來的可能性，不知道我和她會擦出什麼樣的火

花。

　　那把樂器就這樣陪伴我度過四年的留學生涯——也就是當了我四年的女朋友，當然現在還是，有時默契十足也有過無數次的摩擦。

　　就像一開始所說的，每段感情都需要經過磨合，音樂家與樂器也是，需要經過時間的淬煉及彼此溝通退讓，從中去尋找相處之道，雖然不是每天都可以相處得很好，就像情侶偶而也會有吵架鬥嘴的時候，但是為了克服一首高難度的曲子，一起渡過的辛苦時光而衍生出來的革命情感，有時幾乎讓我忘了她是一把樂器，音樂會結束之後還會對她說聲：「謝謝妳，辛苦了！」

這是束圈，用來鎖住竹片與吹嘴的類似螺絲用途的樂器零件之一。

就像現在的台灣之光曾雅妮會對她的球桿說：「我要打birde，拜託幫幫我。」我也會對我的樂器說：「這是我們的機會，要好好表現！」但並不是每次都能有很好的表現，尤其是樂器突然出問題時，那就真的不是一個囧字可以表達我的感覺了。

記得有次，在上課途中，我正在吹巴哈無伴奏長笛組曲，那次我真的吹得很好，就在快要進入音樂世界的時候，突然「啪」的一聲，在我還沒有意識到是哪裡出了問題，只看到竹片應聲落地，才知道我的束圈剛剛斷掉了……後來老師補了一句：「這是你有史以來吹的最好的一次巴哈。」害得我一臉苦笑。

有次偶然聽到有人光用吹嘴做了首曲子，曲名就叫做〈吹嘴之歌〉，加上動作後，非常的可愛呢！

在巴黎的家，我的練琴小角落裡，躺著我兩個女朋友，休息著，等著我再度拿起她們，讓她們唱起美麗的樂音，但，主人我練得好累了。

La personne organisée contre La bohème

計畫狂遇上隨性者

　　我個人並不是一個愛計畫的人，但是我的老師卻是個凡事都希望能在規劃掌控的 control freak，當控制狂的老師遇到一個隨性而做的學生時會發生什麼事呢？

計畫狂老師

　　我的老師 Yann Lemarié 凡事都會幫我先計畫好，擬定策略、評估，然後給我時間表，幾點到幾點該做什麼事，哪天到哪天該有甚麼規劃，甚至是考試前的放鬆該要去看甚麼的電影，他都先幫我想好了！因為留學生一個人在外地，語言又不是這麼通，很多文件的處理或是與法國官方或學校打交道的方法並不熟悉的時候，老師總是幫我 Take Care 好，像是學校註冊文件，他會先列印一份下來寫好再叫我自己重新寫一遍，交給學校的文件他也要先瀏覽過一遍，確定沒問題才往上遞，他總是罵我不夠積極，不夠主動，所以他在前面要幫我先擬好目標之後，讓我像是追著紅蘿蔔跑的馬一樣往前衝刺。

　　記得要準備巴黎音樂院的入學考時，老師在暑假為了
要監督我是否有認真努力，還順道從日本跑來台灣開了一
場音樂會，其實就是想來台灣逛逛順便監督我，幫我補一下
課──果然沒錯，我一回到故鄉，以為可以放下在國外的一
切戒備，沒想到老師一到台灣問的第一件事情就是：「什麼時
候要上課？」我心想：老師啊，你不是來開音樂會跟度假的
嗎？

　　還有，二〇〇九年的聖誕假期，在國外的我原本打算度
過一個與在台灣截然不同的狂歡周，卻收到了老師寄來的一
封 Email，上面第一句話寫著：「祝你聖誕快樂以及新年快
樂。」緊接下來就是假期結束後的計畫表──

Cher Tzu Chieh,
親愛的子傑：
J'espère que tu vas bien et que tu passes de bonnes
vacances en travaillant beaucoup ton Saxophone.
我希望你假期與生活一切都還順利，也練了很多琴！
Je voulais te donner le planning des prochaines semaines:
我想要給你未來幾週的計畫表：
1) Contacter Léla pour l'accompagnement et les répétitions
de piano et pour lui proposer de jouer avec toi pour le
concours Bellan.
聯絡鋼琴伴奏，跟她約好合伴奏的時間，並且問她是否能幫

你伴奏比賽？

Donnes moi les dates du Concours bellan, il faut s'inscrire au concours de Lempdes.

給我比賽的日期，並且記得要報名另一個比賽。

donnes moi aussi les dates du concours cnsm pour le solfège et le saxo.

也給我巴黎高等音樂院的樂理及術科考試日期。

2)Le prochain cours avec moi aura lieu le mardi 6 janvier à de 11H à 13H au Conservatoire du 20e .(n'oublies pas 20 euros pour le cd de J.Laran)

我們的下堂課將會是在 1/6 號星期二早上十一點到下午一點在二十區音樂院（不要忘記還我 20 歐的 CD 錢）

3) Le vendredi Cours au Conservatoire Russe à 9H30 jusqu'à 11H (je dois partir plus tôt)

星期五在拉赫曼尼諾夫音樂院的課將會是早上九點半到十一點（我要早點走）

4) le mardi 13 Janvier 11H jusquà 13H au conservatoire du 20e.

1/13 號星期二早上十一點在二十區音樂院。

5) le jeudi 15 janvier à 20H il faut venir au Conservatoire du 7e pour répéter Chant Sacré de Berlioz au Sax Ténor et aussi une pièce de A.Crépin "de 3à 1000".

1/15 號星期四晚上八點，要記得在七區音樂院要彩排重奏團，

會練習 Chant Sacré de Berlioz 和 A.Crépin "de 3à 1000".

　　下面密密麻麻寫了二十六點。

　　信後跟上的是一大串的法文計畫，從一月已經快要排到三月，看得我眼花撩亂，中文信要看那麼長已經夠辛苦了，加上又是法文，只差眼睛沒脫窗。這就是我老師的個性，剛開始還真有點不適應，不過當你之後的每次長假期都會收到一封這樣的信件時，你就會開始慢慢習慣，有時候還會嫌短呢！

　　後面幾年老師愈來愈相信我，便不再這樣做這麼仔細的規劃，而是告訴我目標是什麼，要努力完成。幾句短短的話，隨著法文閱讀能力愈來愈好，第一次收到時，整整花了我一小時的時間把整封信看完，到後來只需短短幾分鐘。

　　最後一年的畢業考獎，雖然對於習慣先做好計畫並按部就班的老師已經習以為常，也已經培養出默契，知道如何能夠讓他放心，他還是給我了一份時間表，我雖沒有完全照做，但他最終也很滿意我自己的計畫，因為他覺得我已經不再需要他了，對他來說，我已經能夠獨當一面去處理問題、面對音樂，那麼老師的職責也就即將完結。雖然說有點令人感傷，但是卻又很欣慰。

隨性的學生

　　雖然凡事計畫可以讓結果令人滿意，但相較於老師喜歡

事前準備，我擅長變化的創意也是幫他應付了不少事情。就像是之前老師舉辦的薩克斯風比賽，我去當工作人員，我被分配到的工作是負責安排參賽者休息室以及排序進入比賽場地，老師已經計畫好時間，但是他卻忘記計算到每個人可能會拖延的時間，這時他就會抓狂不知所措，我在後台小小的將計畫改變一下，還是可以順利過關，因為我相信「計畫常常趕不上變化」這句話，能夠解決突發狀況，比縝密的事前思考來得重要。最後我讓活動圓滿結束，跟老師可說配合得天衣無縫！

說到合作還有一件趣事，他搬家時，要幫小朋友買張新床，找我去幫忙，我們師徒倆從家具店把床分解，再分三次把它扛回家——一個法國人與一個台灣人在巴黎街上扛家具的畫面好笑吧——之後到他家拜託我把它重新組合，他邊說他對於組合、組裝這種事情完全沒有辦法，邊拿出了一大箱工具箱，我心想：不是說不會工藝，居然買這麼完整的工具組？原來這是他母親某年送給他的聖誕禮物，但是他完全沒有用過，工具之齊全到連鑽孔機都有，但是他卻很怨母親的這份禮物，「不如送瓶酒還好些！」最後順利的把床組裝好，他高興的對我說：「有個會組裝的台灣學生真好！」

其實很難遇到一位老師會幫學生做出這麼多的計劃，對待學生就像自己的孩子一樣的思考周密，更何況是「法國人」，法國人的自私可說是世界聞名（並非全部，我也有遇過相當關心別人的法國人）。我看過很多老師只有上課時間才

會關心學生，下課之後就不予理會了，甚至有的連上課時間
也不關心，只是為了賺錢而上課。

　　很多人都說我很幸運，在法國遇到一個真正關心我的的
老師，沒錯！我的確非常幸運，遇到一位很好的老師，也正
因為我們的個性正好互補，注意到的細節正好不同，所以相
處起來非常融洽，合作也總是能夠發揮出1+1>2的結果。

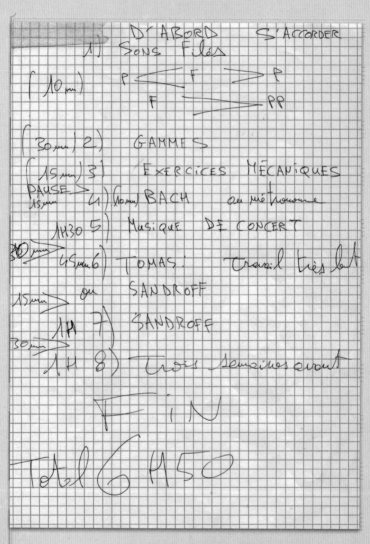

1) D'ABORD   S'ACCORDER
   SONS FILÉS
(10 mn)   P ⟍⟋ F ⟍⟋ P
           F ⟍⟋ PP

(30 mn) 2) GAMMES
(15 mn) 3)   EXERCICES MÉCANIQUES
PAUSE 15mn 4) (10mn) BACH   au métronome
   1H30 5) MUSIQUE DE CONCERT
30 mn   45mn 6) TOMAS: Travail très lent
15 mn   ou SANDROFF
   1H 7) SANDROFF
30 mn
   1H 8) Trois semaines avant

          F I N

Total 6 H 50

要準備考巴黎高等音樂院的時候老師幫我做的每日課表，我將它黏在牆壁上面．每天叮嚀自己，當時練得辛苦，雖然最後還是沒能考上，但卻也變成我生命中很重要的回憶，套句老師對我說的：「過程才是最重要的！」

老師除了要幫我規劃之外，還有一個小伙子必須要他
搞定，就是他可愛的兒子Alan君（因為是法日混血，
所以稱呼他的時候後面都加個君）。

在salle pleyel聽法國廣播交響樂團演出蓋希文的〈一個美國人在巴黎〉，整場
音樂會薩克斯風只吹這首，卻找來三個老師、付他們三份薪水跟來回計程車
費，真是大手筆的演出。老師還為了要能夠完美演出他其中一小節的solo，
那星期跟我上課時還先預演一遍給我聽，就是為了上台不能出錯！

terminer d'etude une autre vie que commence
學業的結束，新人生的開始

　　二〇一一年六月七號這天，我正式宣布結束了在巴黎的學業，在經歷了無數的波折後，總算也告別了學生這個稱謂。

學制不同，學習習慣也不同

　　法國的音樂學制其實跟台灣有很大的不同。音樂院體系是獨立出來的系統，高中唸完之後可以選擇念音樂院conservatiore，或是繼續念大學。法國音樂院像許多歐洲國家一樣，每個法國小朋友從小就可以去音樂院選修音樂課程，包含各種樂器的術科課、還有樂理與合奏等課程，照程度分為三個階段，第三個階段課程唸完通過考試，可以拿到一個業餘演奏家文憑，之後再往上通過考試就是專業演奏的演奏家等級了。

　　大部分外國音樂科班的大學畢業生，大多是來唸專業演奏家等級。我剛到那年，老師擔心我程度跟不上專業班，所以建議我從業餘演奏文憑開始唸起（像是先念先修班的意

思），希望能盡快補足不夠的程度，隔年可以順利通過入學考試，因為我在台灣沒真正上過樂理課，加上剛到法國法文程度也不好，所以我的樂理從二等級開始，同班同學大部分都只有十三到十五歲而已。雖然我年紀看起來並不是很老，還是有不服輸的感覺，靠自己認真趕進度，隨著我的法文程度進步，加上常跑去請教一些科班音樂系的朋友們，很快就跟上老師的進度，幸運的經過兩年左右，就大致是專業級的程度了！

　　來巴黎四年我有很深的感觸，古典樂專有名詞不算太多，能夠上課與生活的法文其實也並不會太難，但是要能夠了解老師們真正想要表達的情感，就不是件容易的事情了，因為每個人表達情感所用的字眼都不一樣，變化非常多，要能夠完全了解老師們的想法，對我來說是最有難度的關卡，記得有次老師聽完我的吹奏之後跟我說了一個字：「Profondeur」──深度的意思，他花了很多時間來解釋這個字的含義，以及希望如何改善，當天上課就在講話中度過了。拜老師們之賜，我也間接認識了許多法國深度的文化。

　　文化跟語言是相輔相成的，語言是開啟文化的一把鑰匙，但是文化又能幫助我們了解隱藏在語言背後的含義，對於我的法國音樂生涯，絕對是重要的關鍵。

在巴黎考試

　　很多人都這麼說，到歐洲來唸音樂的都是為了學習演

奏，夢想著將來能成為真正演奏家。的確，因為歐洲的學制
關係，跟其他地方的文化不太一樣，就畢業這件事而言台灣
跟美國較相同，畢業時要有音樂會或論文的發表，在巴黎畢
業要通過不同的各科考試，在這邊比較像一次的考試定輸
贏，過了就恭喜；沒過就只好再留下來繼續努力，讓我想起
了奧芬巴哈的輕歌劇中〈天堂與地獄〉序曲，因為考過與沒
考過真的就是天堂與地獄的差別啊！

　　我在巴黎的求學生涯當中，經歷了兩次所謂最重要的演
奏科畢業考（其實本質上是考了兩次同一個考試），就讓這齣
歌劇活生生的在短短一年內上演。二〇一〇年是我第一次參
加獎考（畢業考），那年的考生們個個都身懷絕技，不是擁有
絕佳的音色，就是近乎機器般精準的技巧，或是兩者兼具！
而當時的我，只是努力的希望讓自己看起來跟他們不要有太
大的差距，就已經很開心了。那陣子我跟老師上下一心的準
備著考試。密集的討論曲目，每天想的都是要如何才能在眾
多考生中凸顯我的優點並且隱藏我的缺點，偏偏安排在我前
面的考生又剛好是全部考生中實力最堅強的 Nicolas，老師拍
拍我的肩膀說：「在他後面吹壓力是比較大一點，但是不要忘
了自己的音樂，只要想著能演出就很開心、好好的演出就夠
了！」因此，雖然對手實力強勁，但我一點也不害怕，擁有
強烈的個人特色，一向是我最驕傲的事情。

　　當天我將老師的平日提醒牢記在心，並信心滿滿的上
台，我看到台下啦啦隊成群，當中還包含遠從台灣來看我

考試的媽媽，大家都期待著我能夠表現出不亞於其他人的演出。在台上，我完全享受並燃燒著自己的小宇宙，果然不負眾望，做了一次讓我自己覺得驕傲也完全不會後悔的演奏。當我的演奏一結束，得到最多的掌聲，從我演出完到成績出來的過程大約有一個多小時，我就是不斷地接受大家的讚美，媽媽、朋友、其他音樂家，還有其他考生的家長們，大家對我的演出讚譽有加，我心裡很篤定也很輕鬆，因為我覺得我鐵定沒問題。

但是古人的智慧說得很好：期望愈大，失望愈大。我居然沒能通過考試！成績出來的那一刻，我就彷彿從台北一〇一的樓頂轟一聲的直接墜落地面，當評審老師宣告我沒過──就是說我得再多留法國一年──接下來發生什麼事我已經完全沒有印象，甚至連評語都還沒聽，老師就把我拉走，因為不僅是我，連老師與媽媽都無法接受這樣的結果。受到這樣的打擊，我很不爭氣的就在音樂院外面的 Rue de Mardrid，在大馬路上像個小孩一樣委屈的大哭起來，媽媽與老師就在路邊不知所措的安慰我。唯一記得的是有一位評審經過看到我們，過來對我說：「我覺得你是一位 Artist，我很欣賞你的演出，請你要繼續努力！」後來才知道對我說這句話的先生是 Jean-Michael Goury，他是布隆尼音樂院的老師同時也是一位很有名的薩克斯風演奏家。

之後幾天，老師不斷接到其他老師的安慰電話，而老師也是見人就為我打抱不平，經過老師的多方打聽，才知道我

的成績讓兩派不同意見的評審吵得不可開交，有的喜歡我的演出風格，有的覺得技巧最重要，令人無奈也是另一個收穫的是為了這樣的考試結果，讓我在音樂院打開一點點小小的知名度。

意外多留一年

　　拜考試沒過之賜，我與巴黎的緣分得以繼續下去，在這多留下來的一年裡，對我而言也是收穫豐富的一年，我把握多出來的每一分每一秒，積極學新的東西、發展新的想法，又從新的角度看到了音樂不同的一面，在這非預期的一年當中，我與老師常常討論與檢討那次的考試，我想再次面對考試的時候，我已經準備好了！

　　二〇一一年六月七日，很快的，又到了一年一度決生死的日子，這次的考試，老師把決定權交給我，我自己決定選曲、自己決定順序，沒有前一年那樣堅強的考生陣容，這次我們準備起來比較輕鬆，老師說：「只要你能像去年那樣吹，今年一定可以過！」當我又站上這個曾經把我打入地獄的舞台，演出我的第一首指定曲時，一切都還在我的掌握當中，完全不知道之後即將發生的事情將改變我的命運！就這樣到了第二首現代樂的指定曲選曲，我選了一首用高音薩克斯風吹奏的曲目，〈In freundschaft〉，中文譯為友誼，這首曲子是作曲家送給朋友的生日禮物，因為曲目很特別的是要加上很多動作，例如：要隨著音符的高低上下移動樂器，或

是有時需要在空中畫一個圈等等。這首曲子可以說是這次考試我最有信心的一首，曲子就這樣從第一個音符開始走，但吹著吹著，也不知道是竹片出了什麼問題，每一個高音都上不去！我平時美妙如黃鶯出谷的泛音去哪了？全部都變成了吱吱叫！我慌了！站在台上，努力想展現我的實力，但是高音就是上不去，曲子已經開始演奏了，想要停下來卻又不能停，此時淚水已經在我眼睛裡面打轉，我真的不想要再繼續吹奏下去了，每吹一個音對我來說都是無情的打擊。以前聽說常有高爾夫球的新手，上場打九個洞之後就氣得丟下球桿不打了，因為自信心完全喪失，我一點也不相信也無法體會，因為這種事從沒發生在我身上，從來沒發生過在舞台上被打擊到不想再繼續演奏下去這類的情況，但是這天在舞台上，我卻第一次嘗到了這種感覺，原來是這樣的不好受、這樣的痛苦、這樣的折磨！

我心裡想著：結束了，一切都結束了。答應家人今年就會結束巴黎的學業，沒想到會是這種結局。竟然在這麼重要的一天，發生這種從來沒有發生過的情況！因為考試的順序，從我考完到成績出來將近三個小時，對我來說，等待是這麼的無比冗長，一邊想著等一下會拿到什麼樣的評語，一邊想著該怎麼跟媽媽說我沒有吹好，一邊想著怎麼面對老師……老師出來後失望的看著我說的第一句話毫不意外的是：「你一定不會過了，不用抱有任何希望了。」

經過了漫長的等待，考試全部結束，終於到了公佈成績

的時刻，出乎大家意料之外的，評審竟然唸出了我的名字！

　　我竟然順利的過了？老師和我都不敢相信，他還直接跑去評審席求證是否為真，評審長跟他說「沒錯」的同時，我們倆互望一下，夾雜驚訝與高興，差點講不出話來！

　　雖然我跟老師都不敢相信，但是，音樂是主觀的，誰也說不準，耳朵是長在評審身上。

　　後來去聽了評語，其中一位評審對我說：「雖然高音都沒上去，但是我卻很喜歡你其他的演出，高音難度很高，連職業演奏家都很有可能會有這麼樣的一天，恭喜你！也希望你能夠更進步，以此為借鏡。」去年從天堂掉到地獄，今年又從地獄爬回天堂，真是跟輕歌劇的精神太符合了（輕歌劇又稱喜劇歌劇，跟傳統歌劇不同之處在於，它取材現實生活，而且著重於揭露社會真相和諷刺的意味較濃厚），兩種極端的感受，似乎是老天有意要我體會與學習不同的人生過程，告訴我人生總是在意想不到的地方轉彎，而轉彎之後會看到什麼呢？結束了學生身分之後又會看到什麼呢？新的人生才要展開，還有很多不同的事物需要去學習去體會，相信這些不同的體驗都將變成我音樂當中重要的養分與故事……

　　我相信，這只是一個開始，我的音樂之路才剛剛開始。

媽媽一直說要來法國關心我，但說了四年卻遲遲沒有行動，她周遭的朋友幾乎都來過一輪了！終於在我第一次考試當天，她特地從台灣飛過來替我加油。

我當然很希望在媽媽面前表現出我在法國所學的一切，考試能夠得到很好的成績，可惜評審不給我面子，我們也只能摸摸鼻子。雖然沒考過，但還是需要在我學校門口照張照片，表示到此一遊。

通過拉赫曼尼諾夫音樂院考試時與評審和老師的合影，當時很幸運請到了日本非常有名的Hattori老師來評我的獎考，他可是很多日本薩克斯風音樂家的老師輩人物，日本同學們知道她們的老師要來當評審，還特別交代我說話記得要加敬語，不可以像平常她們教我的日文用法！

professeur et moi
老師與我之教學相長

檢視我這四年與老師的相處，除了自己有很大的改變之外，我也看到老師跟我剛認識的時候有些地方也有截然不同的變化，難道這就是所謂的教學相長？

我在老師身上學到的

我在音樂領域上的成長是顯而易見的，不管是技巧的精準度或是音樂的成熟度，老師就是這一路促使我成長的功臣。這位主帥每次只要我有演出，總是會在結束後幫我問觀眾以及評審們的意見，對於那些已經認識我的老師或是家長們，他也總是比我更著急的想要知道別人對我的想法，「他吹得如何？」「他又改變了吧？」這些話語經常從他嘴裡說出來；每當我回台灣過暑假、開音樂會，回到巴黎後他一定會問：「台北的人有說你有改變嗎？你媽媽滿意嗎？」他總是希望大家能夠看到我們共同做的努力，一起經歷的辛苦能被肯定。

老師也在我身上學到一些

除了我的成長之外，老師也同時在我身上收穫了些東西，不能不提到的就是他的教學方法，他總是拿我當白老鼠，用各種沒用過的方法來解釋音樂與技巧，他覺得只要我聽得懂，法國人也就聽得懂，因為連聽不懂法文的外國人都能懂，他的解釋想必是鞭辟入裡（他是這樣想的）。

除此之外，他也經常在課餘時間（也就是下課後的喝酒時間），跟我分享他自己的故事，在他青少年的時代十分自負，是個火爆浪子。不管是老師或是評審，只要他不喜歡，就全部直接開嗆，不過他也因此喪失了跟老師間的良好關係。現在隨著年紀、心智愈來愈成熟，不免有些後悔。他說他花了十年的時間去重新修復這些關係，到最近才有些好轉。不能否認的，除了檯面上所見的照顧以及尊敬，每對師生間都有自己的微妙關係：老師會不會藏私？學生是否會超越老師？這些問題都是導致師生關係會破裂的原因之一，有時候學生一開始就表現了高度天賦，會引起老師心裡的妒忌，那麼這段師生關係一開始可能就不會很融洽，若是未來學生比老師更為出色，那麼這段關係的破裂就可想而知了──這是很遺憾的事，不是每位老師都能夠有足夠的心胸去承受自己可能會被自己的學生給取代的局面。

但我的老師Yann Lemaire很特別，他在我們剛認識的時候就對我說過：「希望有天你能夠超越我！」而我也一直以這句話做為目標努力著，甚至到了我們師生關係的後期，他

還經常跟朋友們開玩笑的說:「子傑吹得比我好了啦,老師都
不用當了,只能幫學生翻翻譜了……」

回想起我開始練習現代樂的那段日子,老師也被我氣得
臉紅脖子粗,因為老實說,我從心裡排斥現代樂,自然也沒
有花什麼時間練習,而現代樂是個如果沒有長時間練習,就
無法完美計算拍子或是音符的音樂。雖然對音樂來說,「感
覺」是一個很重要的元素,但是在談到感覺之前,必須經過
幾百小時的痛苦練習。

那陣子每次上課,老師就會氣到開罵,因為他實在還沒
找到更好的方法幫助我,也不能幫我練習,我又不喜歡,只
好開罵來督促我。記得有天我們在教室上課,老師依舊為了
我的現代樂生氣,氣到把樂譜往譜架上丟,罵到一半,師母
正好進來拿東西(師母是日本人,也是一位相當有名的女性
薩克斯風演奏家),目睹這一切之後,回家換老師被罵,師
母罵老師說不能夠對學生這樣,一味的指責只會影響學生心
理層面,應該要施予與鼓勵而不是責備。從那次之後,老師
個性連年轉好,愈來愈少看到他的火爆脾氣;而好好先生形
象開始變成學生們對他的印象。這也算是我的功勞吧!

他經常說:「跟誰學習,你的音樂不知不覺就會受到他
的影響。」因為這樣,我經常在想,要如何延續老師派的傳
統,又能夠保有自己的風格,我也常常跟老師討論有關歷史
上有名的大師們,都有著自己獨特的個人特色,現在的後
輩新秀們技巧是愈來愈好,但是卻也愈來愈喪失個人的風

格……我們都同意，要能夠在眾多音樂家裡脫穎而出，一定
要具備個人特色！所以老師在教學上面，刻意讓我保留了些
自己的空間，雖然說我們這對處女座的師生彼此都很固執，
常常有意見不合的時候，但是我們都彼此相信；我相信他，
他說的必有他的道理，一切都是為了我好；他相信我，接受
並支持我的改變，他會放手讓我去走自己的路。

　　現在，我要開始走自己的路了，老師對我的影響，就留
給觀眾們從我的音樂裡面發現吧！

2010年暑假老師二度訪臺灣跟我演出三重奏音樂會，他說我是他第一位合作的「學生」，跟老師在台上一起說故事的感覺，到現在還深深烙在我心中，那天演出的音樂可能不是完美，但卻非常的美好，我想老師對我的影響是明顯的；而我應該也給了他一些新的衝擊，這才是教學相長的美好之處。

某次演出完的慶功宴，老師與他以前的同學Ulrich，另外一位薩克斯風老師與我的合照。

2010年暑假老師來台，我們在廣藝廳開三重奏音樂會〈可被傳頌的故事〉，我的朋友們都來當工作人員，有領位、前台、錄影、錄音、翻譜、攝影，不知道為什麼大家都笑得好燦爛，碰上我們一群瘋瘋的年輕人，老師與伴奏Misaki只好陪笑一下……

Chapter 02

耳朵是最嚴厲的評審

身為現代的音樂家，

除了外貌肢體、口才人脈都要具備外，

耳朵聽力也是從事音樂相關事業者最基本的技能之一。

吹奏音樂時，

除了要懂得運用自己的身體、精準地控制自己的頭腦與手指，

還要有一對非常靈敏的耳朵，

用來聽聽自己的音吹得對不對，音準的控制好不好，

還可聽聽別的音樂家蘊藏在音樂中的訊息。

Oreille est le meilleur professeur
耳朵是你最好的老師

對法國人的幽默，我是慢慢才接受的。「咦！我們耳朵最好的Shen同學好像有不同意見，讓我們再重聽一次好了⋯⋯」（On va le reecouter, parce que notre ami shen, il n'est pas daccord⋯⋯）上樂理課時，老師的眼光常常落到我身上，看到我有狐疑的表情時，他常常會這樣故意調侃我。

非科班出身遠道學音樂

由於我不是音樂科班出身，在台灣沒有正式上過樂理課，我的樂理課是直接用法文開始，剛到巴黎時法文又不好，很擔心自己跟不上進度，還好音樂無國界，五線譜是共同語言，上跟音樂有關的課基本上較沒有大問題。

在台灣我學到的樂理，其實就是從小上鋼琴課老師總是會稍微帶到這是 I 和弦、這是 V 和弦，並沒有特別花時間去上所謂的樂理課，而從小到大的音樂課也都只是看看影片、聽聽音樂，也談不上什麼專業的樂理。到了巴黎之

後，才知道總共有二十四個大小調，還有什麼叫做終止式cadense……等基本樂理，上樂理課的第一年，基本上我都是呈現鴨子聽雷的狀態，旁邊同學跟老師都會為了配合我而說英文，但殊不知講英文我也聽不懂，除了我本來就不知道英文的專有名詞之外，如果你覺得外國人英文都很好，那絕對是個錯覺！他們的英文糟透了！

在樂理上，法國學派非常講究耳朵的能力，要能夠聽得出來，才能進一步分析，所以上課常常會聽到「dictee」（聽寫的意思），不管是單一旋律、有調性、無調性到總譜聽寫。第一次拿到總譜聽寫考卷時，只看到某一行被用立可白給塗掉，老師開始放起音樂，大家就拿起筆來開始寫了，沒有什麼思考的時間，因為音樂只會放五遍！聽不出來你就只好交白卷。幸好聽寫對我來說，沒有語言上的問題，面對的就是五線譜，很快就得心應手，在最後畢業考的聽力滿分二十分裡面我拿到了19.75分的高分通過。隨著法文的進步，我漸漸可以看得懂、記得住法文的專有名詞，加上課堂上耳濡目染，第二年開始就不需要老師再用英文解釋了——後來他的英文都只是拿來跟其他同學炫耀他說的英文我是聽得懂的——理論方面的不足也慢慢補強，終於通過了樂理的考試。

我的樂理打從開始就是用法文學習，到現在我的樂理還是只會法文版，問我中文的樂理，我可能還聽不懂呢！

耳朵評審

　　上樂理賞析課，就像電影《交響情人夢》裡野田妹上課時一樣，老師通常會放一首交響曲，讓我們寫出小提琴或長笛或大提琴等不同樂器的譜，我的老師Sebastien Maigne理個小光頭、留個小鬍子，是個可愛幽默的法國人，有幾次我的答案與他寫在黑板上的答案不一樣，重聽幾次後發現我的聽力不錯，有次居然跑下來翻我的鉛筆盒，他說：「有沒有美工刀？」嚇我一跳不知他要幹嘛。他老兄扮個鬼臉作勢慚愧得要割腕自殺，把大家搞得哄堂大笑。

　　老師經常說：「你的耳朵就是你最好的老師！」

　　的確，身為現代的音樂家，除了外貌肢體、口才人脈都要具備外，我覺得耳朵聽力也是從事音樂相關事業者最基本的技能之一。吹奏音樂時，除了要懂得運用自己的身體、精準地控制自己的頭腦與手指，當然，還要有一對非常靈敏的耳朵，用來聽聽自己的音吹得對不對，音準的控制好不好，當然還可聽聽別的音樂家蘊藏在音樂中的訊息。

　　從我的第一場演出開始，我習慣性會將自己的音樂會錄音錄影下來，一方面想要留作紀念，另一方面則是在演出過後，可以將自己化身為觀眾，客觀的檢視自己，所以每當我一邊聽著當天表演的錄音，就會立刻化身為苛刻的評審，一邊罵自己「笨蛋！這段怎會這樣處理」，一會兒罵「白痴！怎會吹錯音」，身邊的人搞不清狀況（或許他們不知道我在罵自己，但是絕對看得出來我在自言自語……）罵著罵著，也能

夠聽到自己的成長，當我每次聽著錄音，除了專注在自己吹
奏的音樂外，也可以順便綜觀整首曲子的全貌，聽到旋律、
聽到和聲、聽到和弦，有時候甚至聽到意外的事情——咦！
伴奏跑到哪去了？在做什麼事情啊！——抱歉，這真是非常
的不專業，但也常會發生在音樂會上，照理說我們應該要做
好功課，先讀熟了整首樂譜才上台表演，不過有時候就連已
經讀熟的樂譜，上了台，一切還是無法掌握。

　　某天我在聽自己的錄音時，赫然發現，當天的我似乎完
全聽不到伴奏，聽不到音樂，那當時的我在想什麼？我完全
沒有享受音樂啊？沒有融入在那美妙的氛圍裡面？嘿！我到
底去哪裡了？

　　所謂聽不到伴奏的狀態是指我自己吹得很爽，完全沒有
注意到後面的伴奏彈到哪、在彈什麼。在合奏的時候，自顧
自的吹奏是最糟糕的音樂家，耳朵要能夠打開聽到其他人在
做什麼，才能達到真正的和諧。

深入層次

　　記得老師曾經這麼分析過：「樂曲的演出分很多層次，
最基本的層次是技巧，也就是我們一開始就要遇到的；再來
才是音樂性、臨場感……等。對於首次演出的曲目，的確在
台上沒辦法想太多，光要把每個音吹出來都已經是很大的挑
戰了，音樂性的東西能夠順便做到就要謝謝上天、謝謝佛祖
了！」於是我常想如何突破，基本的層次做了，如何能夠

更深入的演出呢？

　　我想答案是「經驗」。

　　對於一首新的曲目，第一次上台演出，我總是戰戰兢兢的想要把每個音都吹對；第二次演出，或許稍微輕鬆從容一些，但是免不了有上次的陰影，還不會很滿意；但是到了第三次，對於我來說就是享受音樂的開始，上台面對觀眾敬禮後，我的內心深處會出現一個聲音在對曲子說：「嘿！我又來了喔！我們開始吧！」難道這就是所謂的「無三不成禮」嗎？謝謝古人發明了這個俗諺，幫我想到了推託兩次吹不好的理由！

　　隨著愈來愈熟悉樂曲的同時，就能夠從容的去詮釋內心深處想要表現的東西，進而去享受音樂、享受舞台，唯有累積愈多的演出經驗，才有能力去做出即興的演出，這也是站在舞台上的我，最享受的時刻，讓當時的心帶領我，超越束縛，演出自我。

在舞台上面，運氣好的時候，閉上眼睛會感覺到像是坐上了雲霄飛車一樣，抽離了原本的身體，彷彿全身的細胞都打開了，可以清楚的感覺到手指每一個細微的動作，甚至連台下的觀眾的一舉一動都能夠察覺，那時的我，是享受著音樂的！

Chapter 03

正式上場，站上舞台

對音樂演奏者而言，

音樂會正是展演苦練技藝的舞台。

看別人的音樂會固然賞心悅目，

從表演者的眼光看出去則門道不同。

自己上場的音樂會，

每一場都是不同的藝術呈現。

ensemble de saxophone
一堆薩克斯風

法文「Ensemble」，有一起、共同、集合的意思，大家集結做一件事，音樂裡的重奏團也用ensemble這個字來表示。像大家較熟悉的弦樂四重奏是由兩把小提琴、一把中提琴加上一把大提琴組合而成，銅管五重奏是由兩把小號、一把法國號、一把長號加上一把低音號，當然也有同樣樂器的重奏像是大家熟悉的柏林十二把大提琴，我們薩克斯風除了常見的四重奏之外，也有集合薩克斯風大家族的十二把薩克斯風重奏團。

ensemble經驗

我很開心來到巴黎後，有機會參與幾個「ensemble」，經歷各種不同形式的演出組合，當中包含有二重奏、四重奏、室內樂、管樂團，還有十二把薩克斯風重奏團。

要拿到文憑，有一門必修課叫做「室內樂」，為的就是讓音樂家能夠透過室內樂形式互相合奏，進而訓練日後能在樂團裡面或是其他合奏形式演出的能力，雖然在台灣時有吹過

高中管樂團，但是大部分時間還是自己練自己的，所以耳朵的訓練並沒有非常完善，沒有辦法在自己吹奏之餘還能兼顧到整體平衡與統一性，這也是我的室內樂一開始並不很順利的原因之一，因為我沒有讓我的耳朵在吹奏時候繼續工作。

隨著室內樂課程幾年下來的訓練，我對於整體平衡也漸有概念，加上樂器吹奏技巧上面的改善，才有機會被老師認可，參與這次的重奏團演出，因為團裡面有一半都已經是老師輩，因此老師們在人選上面嚴格把關，都是每個老師自己最得意的門生才能參加。

十二把混血薩克斯風

這次要提的是我所參與的十二把薩克斯風重奏團，是我的老師籌辦的音樂節系列音樂中的一場演出，從確認人選到找場地，最後再一一敲定大家練習的時間，老師一個人搞定了這些繁雜且耗費精神的事情，這個集結了一半的法國老師、一半的高級班學生，總共十二人的混血重奏團就此誕生了。

音樂會的場地在鄰近塞納河邊的美國教堂（American Church），音樂會中我們十二把薩克斯風的任務是幫Jean-Yves Formeau大師擔任伴奏，Jean-Yves Formeau是目前任教於法國Cergy音樂院的薩克斯風大師，曾經灌錄過十幾張唱片，這次的演出曲目是俄國作曲家葛拉茲諾夫（Alexander Glazunov）作給薩克斯風的經典名曲——〈薩克斯風協奏

曲〉，也就是說由我們十二人擔任一個管樂團的伴奏角色。

　　第一次練習時，指揮在一開始就說了一句：「薩克斯風要幫薩克斯風伴奏，將會是一件很困難卻又很有趣的事情，要如何把薩克斯風吹得不像薩克斯風，這就要看大家的功力了！」的確，同種的樂器雖然每個人音色有些許差異，但是同個家族的樂器，要讓獨奏者跳出來給大家聽得見，除了考驗獨奏者之外，也考驗著重奏團裡的大家，有時候我們要扮演小提琴的角色，吹著彷彿天上仙女下凡的美麗旋律；有時候要模仿低音提琴的輕柔撥弦，在樂團後面努力撐著濃醇渾厚的低音，這十足給了大家不少苦頭。因為老師們平常都有排滿的行程，為了要敲十幾個人都可以的時間，每次排練都不得不只能喬在早上八點半開始，幾乎天還沒亮就要出門趕地鐵，剛好又是冬天，早上起床都有種想死的感覺，我們每週不間斷的排練，持續了兩個多月，為的就是希望能在演出當天呈現出最好的音樂。

　　經過兩個多月的練習，大家培養出了良好的感情以及默契，因為大家的目標一致都是把「音樂會吹好」，從剛開始見面打招呼都還用敬語稱呼，到後來Salut Salut這樣叫著。

　　過程中有幽默搞笑的輕鬆時間，也有意見不合情緒失控的時候。記得第一次練習的時候，就有位老師因為趕火車而遲到了四十分鐘，團裡面有些團員無法忍受遲到的人，大家第一天就吵了起來，其中一位老師就開口說了：「大家都準時到，那你呢？要是有人用這種態度，那以後大家都不用準

時到了！」我算是菜鳥，要應付痛苦的早起，雖然很認份的絕對不敢遲到，聽到這番情緒性的發言，當場也不得不在自己的位置上豎直腰桿，正襟危坐，不發一語。遲到的老師知道自己理虧，耽誤到大家的時間，也只能摸摸鼻子跟大家鞠躬道歉，第一次的練習就在這樣充滿肅殺之氣的氣氛中過去了──這跟我從小被灌輸的「以和為貴」的觀念完全背道而馳。法國人不講這套，碰到不滿時，他們就會毫不客氣的表達自己的情緒。

到了音樂會當天，雖然先前的爭吵多多少少都在大家心裡留下了疙瘩，但是在音樂的世界裡面，我們的溝通是透過音符的表達，大家各司其職，求好心切，每個人都為了音樂的完美與和諧努力吹奏。而值得高興的是，當天的演出很成功，音樂會結束之後大家很開心的互相鼓勵，互相嘉勉，一起享受觀眾的掌聲，長時間的辛苦努力有了代價與收穫，帶來最美好的果實。

這裡面最出名的莫過於左上二穿牛仔褲的 Formeau 先生了！從全部人穿整齊服裝只有他一個穿牛仔褲，也能看出一二了。他有多出名呢？他曾經同時任教於法國 Cergy 音樂院與美國印第安那大學，想像每個月歐洲美洲飛機來回，光里程數就夠航空公司對他敬禮了！

我們是在法國非常有名的薩克斯風公司 SELMER 進行排練，記得有一次練到一半，突然後面聽到「砰」的一聲，原來我們的低音聲部 Phillipe 把椅子坐斷了，大家第一個反應竟然是：「樂器還好嗎？」之後才是：「人有沒有摔傷？」我想在音樂家的心中，把樂器看得比人還重要！好玩的是，之後他們請 SELMER 的經理進來，老師們開玩笑的對他說：「你們樂器做得很好，但是造椅子的技術可說是爛透了！」

演出當天在教堂裡面的彩排。我在台灣從來沒有在教堂裡面演出過，但是在國外卻常常看到教堂舉辦音樂會，不知是否真的有神的力量，總覺得音樂加上教堂，整個都神聖了起來！

concert pour les enfant
給孩子們的音樂

任何學習的養成，都必須從小開始培養，而非一蹴可及
的！就像古人曾說過：「登高必自卑，行遠必自邇。」這樣的
智慧，當然也適用於藝術涵養。

參與難得的兒童音樂會

在法國，每年暑假前夕，法國的孩子們除了等待放假，
幼稚園老師有時也會詢問音樂院的老師是否有意願讓小朋友
有機會更親近音樂，於是這個為了孩子們開的音樂會就這樣
底定，在巴黎的最後一年，我有幸可以參與這樣一個有意義
的活動，為小朋友的音樂教育盡一份心力。

為了讓這群幼稚園的小小朋友更了解什麼是薩克斯風，
我們決定要以四重奏的形式來準備這個小巧可愛的音樂會，
為了因應小朋友沒辦法長時間集中注意力，老師在曲目上挑
了幾首聽起來較為輕鬆的小品，整場音樂會時間大約半小
時，並且適時穿插講解和音樂。

雖然說是輕鬆的小品，但是練起來也不輕鬆，從拿到

譜到上台演出只有短短三天！老師也趁機機會教育、叮嚀我
們：「世界上沒有簡單的音樂，任何時候只要是演出，都必須
要全力以赴！」因此，雖然時間緊迫，我們還是很敬業的在
三天之內，做出努力，期望可以讓小朋友滿意！

音樂會開始

　　音樂會當天的氣溫可說是二〇一一年夏天以來相當反常
的天氣——非常的熱，而且法國又是個冷氣不普及的國家，
光看到身材碩大的老師流著滿頭大汗，我也不自覺開始熱了
起來。加上需要費力吹奏樂器，熱到我簡直想要跳進游泳池
裡面！就在熱到快要失去耐性的時候，一排排可愛的小朋友
走了進來，他們年齡大約五、六歲左右，相當的可愛，從他
們天真無邪的笑容，頓時就像看到了好多可愛的小天使，此
時我已經不再去想天氣熱不熱，只希望他們能陪他們度過開
心的半小時。

　　他們一個個乖巧的按照位置坐下之後，音樂會就開始
了！剛開始我們每個人準備了一小段介紹自己樂器的樂團片
段，我是高音薩克斯風，我準備了拉威爾〈波麗路〉裡面的
一段 solo；中音薩克斯風則是選了比才〈阿萊城姑娘〉裡面的
小步舞曲；次中音薩克斯風吹奏了普羅高菲夫〈羅密歐與茱
麗葉〉的旋律；上低音薩克斯風演奏了蓋希文〈一個美國人在
巴黎〉中的獨奏樂段，這些都是在管絃樂團裡面能夠聽到薩
克斯風蹤影的著名曲目，目的希望小朋友將來在樂團裡面聽

到，能搜尋記憶庫，知道聽到的樂器是薩克斯風。

緊接著我們演出了德布西在一九〇九年作的〈小黑人〉，延續了他的黑娃娃步態舞的catwalk節奏，這首逗趣的小品總長不過才一分半鐘，但是卻充分表現出德布西鮮明的個人風格。第二首演出的是黑人音樂家喬伯林的〈Weeping Willow〉，是一首Ragtime散拍音樂（有人說散拍音樂是爵士樂的前身），鮮明的節奏讓小朋友聽了都一起拍手，帶動了全場的氣氛！音樂會就在這樣的歡愉和諧下，進入了下個階段——猜謎時間！

讓孩子們興高采烈的小遊戲

老師料準兩首音樂之後，小朋友應該快要坐不住了，所以設計了一個搶答小遊戲同樂：「四重奏裡面只有一個人會吹，猜得出來是誰吹嗎？」「那把樂器叫什麼名字？」小朋友也都很捧場，全部人都踴躍舉手搶答，相較於亞洲小朋友的害羞，外國孩子們一點也不怕答錯，爭先恐後的，只怕沒有參與到遊戲。

在最後一首曲子之前，老師讓小朋友發問，不過小朋友就是小朋友，問的問題可以說是雞同鴨講，一位小朋友舉起手來說：「我家有一台鋼琴，而且我媽媽叫ＸＸ名字。」說完，我們大家只是一陣沉默，真不知道該說他是天真可愛，還是陶咖壞去？之後全部小朋友都開始舉手，嘰嘰喳喳的開始說自己家裡有什麼樂器：鋼琴、吉他、小提琴或是大提琴

都出現在答案中。

　　幼稚園老師此時提出了一個很重要的問題,終於把話題拉回軌道:「學薩克斯風有什麼條件嗎?」老師回答說:「學薩克斯風不一定要有偌大的身體,而是學會呼吸的方法,所以像他一樣胖,並不表示吹得比較好,而是啤酒喝得比較多而已。」

　　此外,還需要有能夠咬住吹嘴的兩顆門牙,所以當門牙長齊就可以開始學習薩克斯風了!」終於在這個時候,有一位小朋友舉手說:「我將來也要學薩克斯風!」聽到當下,我感動得都快掉淚了──終於有人帶頭腦了!

音樂會結束

　　整場音樂會結束在一首相當爵士的曲子,也是這次讓我們最頭痛的Lennis Niehaus所做的〈No Need To〉雖然曲名寫著沒必要,但是卻是整場音樂會讓我們最苦惱的一首曲子,說到要古典樂手演奏爵士樂,總覺得少一味,就像吃鹹酥雞沒有加九層塔一樣,雖然還是好吃,但就是少了一點什麼。

　　四重奏的演出,四個人有四種搖擺節拍的方式,弄得四個人對不在同一個拍點上面,練習時大家差點沒有吵起來,好在順利的演出完畢。小朋友們也很開心的對我們說:「Merci!」並繼續嘰嘰喳喳的帶著滿足的笑容回去學校。

　　在歐洲的這四年,我深刻的體會到藝術教育要從小就開

始進行，並落實藝術隨處可見，雖然不是每個小朋友都要培
養成音樂家，但是至少對音樂有些基本的認知、懂得欣賞，
讓他們更接近古典音樂，而且不排斥，進而長大成人之後會
走進音樂廳欣賞音樂接著持續教育下一代，法國人說這是一
種「Le goût de la musique」──音樂的口味，而這正是需要
從小開始教育的。

薩克斯風四重奏是很傳統的室內樂組合，集結了薩克斯風家族的常見成員，高音、中音、次中音、上低音薩克斯風，首先來自台灣的我就不多說，中間兩位 Mei 跟 Chiaki 來自日本，特別的是最右邊的 Sylvia 是來自於地中海東部一個非常熱門的旅遊勝地－賽普勒斯，碰巧也是一個島國，正因為成員都來自島國，老師笑說我們這團叫做「島嶼四重奏」。

La petite siren
小美人魚現代版

　　在巴黎的最後幾個月，我有機會參與一場很特別的音樂劇演出──《小美人魚》，在當中擔任高音薩克斯風的角色，和大家熟知的迪士尼系列不同，這是由安徒生童話改編而成的一場音樂劇。

與知名作曲家一起演出

　　此音樂劇作曲家Graciane Finzi女士，是現代樂界少數成名的女性作曲家之一，能有機會目睹本人，可說是我一大榮幸，尤其是在知道她本人要來跟我們一起演出之後，更是讓我雀躍不已。我先上網Google了一下她的資料，同時也詢問老師及朋友們有沒有聽過這位作曲家，才發現，原來很多人都認識她，而且她的作品在世界各地都持續的被演奏著。在她的個人網站時也能夠看到她對音樂有一套獨特的想法：「音樂是什麼？我們總是能在閱讀時、演奏時、發明時、即興時、工作時、做喜愛的事情時、歌唱到落淚時、忘卻之後卻又再度發現時找到音樂。我認為音樂是唯一能夠在重複

聆聽同一種動機、同一段旋律或是同一首樂曲中依舊能夠不斷發現樂趣的一種現象或是一種藝術。」多麼有哲理的一句話，看完後便迫不及待的想要見到她的廬山真面目。

幾次彩排後，終於到了第一次的總彩排，見到了Graciane Finzi本人之後發現，她除了會作曲之外，鋼琴也彈得非常好，後面小朋友鋼琴彈錯時，她總是可以直接即興示範。跟作曲家一同彩排的好處是，可以了解到作曲家真正的想法，以及她真正想要聽到的聲音。雖然第一次的練習總是不會太苛求音符表情，但是感覺得出來她在音樂態度方面的嚴謹，以及耳朵的敏銳──一有錯音馬上聽出來，並且求證是否為譜上標記錯誤，這讓我由衷的佩服，因為現代樂的節奏並不像是古典音樂有一定的語句變化方式，現代樂可以說是變化多端、毫無規律，而在這麼複雜的節奏下還能夠聽出錯音，相當不容易。到了最後幾次的彩排，她就非常嚴厲地對我們說：「音樂家們，現在不能再有錯音了！我要完美的音符。」每次她講出這句話時，總是讓我不寒而慄。

完整的音樂饗宴

這首曲子讓小朋友們能夠一同參與，一起享受著音樂，那天真無邪的小朋友們在台上唱著歌、跳著舞，我心中充滿了感動，因為他們從小就開始接觸並且不排斥古典甚至些許的現代音樂，這也只有在歐洲這麼富含藝術氣息的地方才有的機會，不禁讓我開始回想，我小時候到底都在做些什麼

呢？是不是每次都在為了需要不斷機械式的練習而感到苦悶？是不是每次都不知道聽到音樂的意義以及樂趣所在？

還有值得一提的是，這次莫札特的〈單簧管協奏曲〉特別被改編成高音薩克斯風，剛開始Finzi女士還期待的說：「多麼有趣，〈單簧管協奏曲〉將由高音薩克斯風演奏，不知道會像什麼樣子？」於是就由我來擔任這個重要又有挑戰性的工作，我嘗試著模仿單簧管的音色，終於皇天不負苦心人，在演出當天，好多人問我我是否吹的是豎笛？又為何是金屬的？我在心裡竊笑著，因為大家有這樣的疑問，就表示了我的模仿很成功！連我的樂曲分析老師（之前我對這位老師總是抱持著尊敬又畏懼的心情，因為她在業界也算是小有名氣，音樂家們總是對她又愛又怕）都來恭喜我，成功的代替了單簧管的角色，她開玩笑的對我說：「要是莫札特知道有薩克斯風這個樂器，可能就不會寫給單簧管了！」

Finzi女士對我說了一句話，至今仍然在我心裡迴盪：「在音樂的世界，我們將會再見到；因為，音樂總是有這種能力！」我相信，在不久的將來我們一定能在音樂的世界裡面再次相遇，我想，這也就如同她一直想表達的——On se retrouvera dans la musique！

小朋友們的天真無邪，就算舞步跳錯，跟大家轉不同方向、就算音唱不準、拍子不穩，都那麼的可愛，回想起我的小時候，我是否也曾經這樣單純過呢？

與作曲家Finzi女士的合照，露天音樂會最怕就是天公不作美，雨一直下到演出前一天的夜晚，終於在演出當天停止了雨滴，讓完全沒有備案的我們大家都鬆了一口氣。這是一系列的演出，共兩場，記得第一場演出前的下午我還在跟朋友大灌啤酒，滿身酒氣的去到了演出場地，旁邊的人都以為我喝醉了才來。其實我只是有著一口就紅的體質。

Chapter 04

親身體驗大師風采

在音樂首善之都，

多多參加大師課程，

親身體驗大師的音樂造詣。

大師果然與凡人不同，

一個音符，

一句指導，

就能令人受益一輩子。

Claude Pascal, compositeur
我與大師有約

　　巴斯卡先生是當代頗負盛名的一位法國作曲家，同時也是一位傳奇人物！在他的學習生涯中，以十歲的年齡考進巴黎音樂院，可以說是當時的音樂小神童；並且在24歲時就得到了作曲家最高成就的 Grand prix de Rome，之後他的作品就被大家喜愛並廣為讚頌。而我很有榮幸在他87歲的時候在巴黎認識了他。

　　這次為了答謝他給予我們大師班的指導，老師們特別辦了一場音樂會獻給他，這位有品味的老先生不僅懂音樂，也很懂得如何享受他的人生！他告訴我們，他在法國的西邊布列塔尼半島上有一棟別墅，一年當中，他有超過一半的時間在那邊過，遠離城囂過著閒雲野鶴般的生活，而這一次特別為了我們延遲了一個月才能回去。

初遇老先生

　　這位溫文儒雅的老先生，雖然外表看起來就像他的年紀一樣，但是心智卻像個小孩子般的頑皮，說話很直率且不經

修飾。我的老師在這次的音樂會有演出，曲目是首每個學習
薩克斯風的音樂家都應該要通過考驗的曲子——Sonatine，
那位老先生竟然就當著所有演奏家的面，大剌剌的對老師
說：「你吹這什麼樂器啊？你吹tenor比較好聽，Alto不怎
樣嘛。」畢竟是令人尊敬的大師，老師聽到當下臉都綠了，
但也只能摸摸鼻子一句話也不敢回。而這次，我是負責吹他
在2006年最新完成的作品，一首給薩克斯風與樂團的協奏
曲。我第一次演奏它的時候，是在他大師班的課上，當我戰
戰兢兢的完成時，他微笑的看著對我說：「我才寫了一點點，
但是你卻完成了很多！」聽到他老人家這番話，當下我鬆了
一口氣，也頓時感到很榮幸，能得到他的肯定！當然老先生
還是給了我不少建議，他很和藹的與我分享他的見解：「作曲
家在作曲時，腦中聽到的聲音和樂曲的速度，有時候不一定
是真正適合樂曲的演奏方式。」就像有幾首在他年輕時候譜
的曲子，當他聽到別人用差異很大的速度來演出，他總是會
覺得：「奇怪？為什麼不照著我寫的吹呢？」總是忍不住要指
正一番。但是後來聽久了、多聽幾次之後，他發現其實這個
速度可能比較適合，或是更好聽、更順暢！哈哈！我想或許
因為年紀大了吧？越來越耳順了。

　　在談話之餘，他還問我說：「你今年幾歲啦？」我回答：
「二十二歲！」他馬上發揮法國人的幽默說：「喔！才比我小
兩歲啊！」講完現場大家都相當捧場的笑成一片，也許就是
這樣時而俏皮、時而嚴肅的風範，讓他成為最受後代音樂家

尊敬的指標性人物之一。

　　老先生除了逗我們這些大朋友之外，逗小孩子的功力更是一流，在大師課上有一位八歲的小朋友，老先生就問他：「小朋友，你這週末要去哪裡玩？」小朋友回答：「這週末是我生日，我們辦了一個Fete！」（法文的Fete就是Party的意思）老先生馬上說：「真的啊！那我寫一首曲子給你當作生日禮物好不好啊？你把你地址給我吧！」就這樣輕輕鬆鬆擄獲小朋友的心，這小朋友多幸運呀！賺到一首大師寫的曲子，真希望生日的是我！

　　之後，在等下一個小朋友來上課的空檔時間，老先生又走到鋼琴前面坐了下來，對著另一位幸運的小朋友說：「你想不想聽歌呀？想聽什麼歌啊？」小朋友說了一首法文兒歌，老先生一邊彈琴伴奏，兩個人就這樣在台上唱起歌來，溫馨的爺孫同樂畫面頓時出現。

再遇老先生

　　就在大師班與音樂會之後隔一年，我又再度碰到老先生，感謝他仍然健在，這次是在老師所舉辦的薩克斯風週的其中一場音樂會見面，我負責演奏他另外一首曲子。再次看到他，他依然健康，講話也是一樣有活力，這次他與我分享了更多音樂上的知識，並且逐一解釋他為何以這樣手法寫作曲子…等等，他說：「有時候作曲家只是希望聽到某些音效，像打擊樂一樣，那時就應該要跳脫出音符，努力呈現出音效

即可！」與老先生的見面次數雖然不多，但每次都讓我對音樂有著更多更深的領受，激盪更多新的想法。

　　作曲家看曲子的角度，與演奏者看曲子的角度，有時候是不太相同的，而一首曲子經過了作曲家親自的解釋，演奏家更能夠快速了解到他當時寫作的想法，但是有時候演奏者的意見，也許能夠激盪出與作曲家不同的火花，兩者相輔相成、互相成長，音樂也就更趨近成熟且多元化。

　　經過幾次短短的相處，體會到老先生帶給我們的不只是樂譜或是一首曲子該如何去詮釋，更是一種態度。他對音樂，有他嚴肅的一面，對於屬於自己專業有他的執著，要求細節、要求原創、堅持自己創作的精神，讓我學習到，對於自己的專業要有著勇於爭取及堅持的信念；但在生活上私底下他隨時自然流露出的赤子之心與幽默感，卻像陽光一樣的溫暖和藹，讓我們盡情的享受歡笑，這種剛毅又柔軟並存的生活態度，短短相處就收穫良多，在我的音樂學習生涯能夠認識他真的是我的榮幸，除了期待下次能再相見，也希望他能一直健健康康，再分享給我們更多屬於他的人生哲學。

2008年大師班後，我們一起在學校附近的咖啡廳喝點啤酒，那時候他已經87歲了，啤酒喝得一點也不比我少。

2009年相隔一年之後再見到巴斯卡先生，身體依然健康，談吐仍然十分幽默，記得他要幫我簽名樂譜的時候，問我叫什麼名字？我說：「子傑。」他簽完之後發現，晚上音樂會節目單上也有我的名字，但是卻多了個姓，他問我：「你到底叫什麼名字啊？為什麼多一個字？」我解釋說那是我的姓氏，他當場開玩笑的摔筆，並說：「該死的，那我簽錯了！」

他在我樂譜上面簽的名。第一次作曲家直接簽名在我的譜上，有種很感動的感覺，他寫著：「子傑，一個薩克斯風手、一個獨奏家、音樂家，將會有一個很美好的事業，在亞洲？或是在歐洲？因為他的才能給了他選擇的權利。」

最後的amicalement這個法文，我還是在這裡才學會的，因為剛簽完名我完全看不懂，拿去請教法國朋友，他解釋：「amicalement是交情很好的人才會用這個字眼，你跟總統就不能用這個字。」又學到一個法文單字！

L'apprentissage
上一代的音樂傳承

以前只能在CD裡面聽聞其名的大師，來到法國之後全部都像魔鏡夢遊般的出現在我眼前，而每位大師都有屬於他們成長的故事，可以跟後輩的我們分享，對我來說，他們就是一本本活生生的音樂歷史有聲書。

傳奇人物一脈相傳

在指揮帝王卡拉揚（Herbert von Karajan）的時代，曾經有過一個讓人津津樂道的故事：相傳卡拉揚與當時巴黎音樂院的薩克斯風老師Daniel Deffayet是好朋友，某日柏林愛樂管弦樂團將要在晚上演出穆索斯基的「展覽會之畫」，其中有一個樂章名叫「古老的城堡」，是相當有名的薩克斯風主奏的樂章，於是這位指揮帝王就致電到巴黎，希望好朋友Deffayet先生能夠到柏林來演出，並且不惜派遣自己的私人飛機飛到了巴黎，就為了迎接這位薩克斯風大師。這位讓指揮帝王如此倚重的Deffayet先生，可說是上個世代最具名氣的演奏家，現在在巴黎的老師們有很多都是他門下子

弟,而其中最得他肯定的,莫過於 Fabrice Moretti,他自己曾說過:「最能夠繼承我全部教學方法與想法的,應該就是 Fabrice Moretti 了。」

Fabrice Moretti,目前是法國國家交響樂團、法國國家廣播交響樂團指定的薩克斯風演奏家,這位曾經與無數大樂團和指揮大師,例如:馬捷爾、小澤征爾等等合作過的世界級薩克斯風演奏家,我竟然有幸成為他的學生之一。以前只能在 CD 封面見到的人物,居然活跳跳的在我眼前,我們還能一起吃飯、一起喝酒!這是出國前想都沒想到的一件事情,但是在歐洲,這種形式卻已經運行了好幾個世代。

因為我的老師與 Moretti 老師是好朋友的關係,所以推薦我去跟 Moretti 的學生一起學習室內樂、一起組薩克斯風四重奏,但是跟大師學習可不是件輕鬆的事情!因為他幾乎吹過全部的四重奏曲目,而我又剛好跟他當時吹的是同樣的樂器,所以他對我的樂譜熟透了,順手拿起樂器就可以示範,並且一個音不差的準確吹出,這種能力總是讓我佩服不已,也確實讓我倍感壓力。Moretti 大師果然不是浪得虛名,他的耳朵靈敏到不行,記得有一次我吹錯了一個音,他竟然一下就聽出來並且指證我哪個音吹錯,我自己都不敢相信,經確認之後我才知道已經連續吹錯了三個月!他總是說:「樂理的計算不能夠在音樂中聽出來,一切應該都要聽起來很自然,就算很困難的樂段,也應該要練到感覺自然為止才是。」他還會再跟我補一句:「你要多練習了……高音薩克

斯風的實力應該要更堅強點才是。」

　　除了技巧上的教授，在練習時間外，他還會跟我們分享以前他們在錄製唱片時所遇到的問題、樂曲詮釋上的不同與比較之外，也常常跟我們說一些有趣的八卦，例如：那位偉大的 Deffayet 居然也曾被四重奏的團員惡整！Deffayet 老師在自己的四重奏中，就正好是吹奏主旋律較多的高音薩克斯風（沒錯，我們三個人都是），有時其他三個人興致一來，就會同時加快吹奏速度，讓大師跟不上，這種作法讓身為大師的 Deffayet 很沒面子，常常破口大罵！這樣的小故事使我們這些崇拜偶像的後輩覺得大師離我們又更近了一些，同時感到能夠看到跟別人的不一樣的大師而感到十分興奮！

用腦去想音樂

　　「用腦去想音樂，只要腦能跟得上全部音符，手指就一定跟得上！」在快速音群樂段他總是這樣說的。他覺得大腦要能想得出每個音符，而不是一味的鍛鍊手指頭，他主張練琴並不用練多，但是要練得有效率，要靈活運用頭腦來想音樂，除了保持大腦的靈活之外，也會使自己在緊張時候，即使手指不聽使喚仍能發揮自己的能力。

　　「音樂並非像是數學與科學的計算，千萬不要認為只要套入對的公式、準確的計算，就能達到正確的結果。常常我們認為是對的，但在別人耳裡卻是錯的；但常常我們覺得不好的，在別人耳裡聽起來卻是美好的，這就是藝術的奧妙之

處！」他在我考獎通過，但是我自己卻不滿意的時候，這樣鼓勵我，並告訴我，我們沒辦法滿足每一個人，唯有自己不斷突破自己，做出讓自己滿意不後悔的演出，而這也是身為演出者的我們唯一能做的事情。

傳承的意義就在於把好的繼續教給下一代，讓某種意志與想法能夠延續下去。看著他經由不斷的演出、教學，透過言教身教，將自己所學傳授給學生們，希望讓新一代能夠學到他們對於音樂嚴謹的態度以及時代背景的了解，還有塑造出良好的音樂風格，他就是這樣不藏私的付出，透過他，我鑑往知來，也希望有朝一日我也能將我所學，傳授給我的學生，讓想法透過「音樂」這個能夠跨越時代洪流的共通語言繼續流傳下去。

老師總會說：「音樂會結束之後，在演出人員出入口等我，我們去喝一杯。」這種場景以前只有在夢中才會出現，但是在我的法國學習生涯中卻真實到經常發生！從老師們接到演出邀約，會聽到他們開始要安排自己的練習時間。拿到譜之後，有時還會跟我們討論如何詮釋樂句，直到最後舞台上的賣力演出。其實這就是未來我們要經過的路，在學習技巧之餘，人生經驗也是可以吸取的養分之一。（左為 Fabrice Moretti，右為 Yann Lemarie）

Jean-Yves Formeau 大師，是我老師的老師，他總是主張要時常保有正面能量，唯有如此才有好的音樂，所以他一直以來都採用愛的教育，以鼓勵代替批評，大師風範一覽無遺。

雖然面對音樂要以很嚴肅的心態、吹毛求疵的要求完美，但私底下每個老師都有可愛的一面，連非常嚴肅的平野公崇老師都忍不住比了個YA（左為Jerome Laran，右為平野公崇）。

Chapter 05

巴黎回聲

離開巴黎回到台灣，

一些關於巴黎的音符像回聲一般在腦中浮現。

有些幽默逗趣，

有些深刻專業，

也有一些令人永難忘懷。

Chopin et Paris
蕭邦與巴黎

二〇一〇年對音樂界來說是相當重要的一年,除了是家喻戶曉的鋼琴詩人蕭邦二百週年冥誕,同樣也適逢內心纖細敏感的舒曼二百週年冥誕;馬勒,一百五十週年冥誕,而音樂之父巴哈,則是離世二百六十週年,剛好又遇上五年一度的華沙蕭邦鋼琴大賽,可說集所有盛事於一年。雖然蕭邦的作品大多都是鋼琴曲,我並沒有什麼機會演出他的曲目,但是他的音樂卻時常在我心情低落時給我一股撫慰且強大的力量。

音樂宿舍的鋼琴聲

在這個對天下所有音樂家,特別是鋼琴家來說十分重要的一年,我們每一個人受到的影響都很深,不論是是直接,或是間接。在巴黎的最後兩年,我住在音樂宿舍當中,而住在這樣的音樂宿舍有幾種好處,其中之一就是可以聽到各式各樣的音樂,常常早上還在睡夢當中就可以聽到旁邊住的鋼琴家咚咚咚的開始彈起琴來,一直了到晚上依舊是咚咚

咚……鋼琴主修的練琴總是沒天沒夜，一坐下去就屁股黏住起不來的感覺。

蕭邦大賽來臨

在蕭邦大賽比賽的期間，每到晚上十一點半左右，就可以聽到住我隔壁的鋼琴家黏在椅子上開始蕭邦的〈第一號 E 小調鋼琴協奏曲〉第一樂章，澎湃的 Mi Re Mi Sol Si Si Si Si，就這樣不間斷的連續一星期，像是鬧鐘一樣，一聽到旋律響起，我就知道：大概是十一點半了吧！雖然我很喜歡這首協奏曲，但是我個人卻比較偏好慢板的第二樂章，清脆的琴音，直接讓我想到白居易的〈琵琶行〉裡面寫的「大珠小珠落玉盤」，完全把鋼琴的特性表達出來，每當在夜深人靜聽到這個樂章，我總是感到很平靜，一種心靈完全沉澱的平靜。人家說鋼琴是樂器之父，真的一點也不為過，除了涵蓋大量的音域，使得只需要一個演奏家就能組成一個樂團外，它美妙溫柔的琴聲總是可以和緩地撫慰著人心；而激昂難平的和弦總是可以輕易地挑起心裡蘊藏的熱情。

除了隔壁的鋼琴家每天固定的蕭邦之聲外，蕭邦和巴黎之間還有著很微妙的連結。蕭邦生於波蘭華沙近郊小鎮澤拉左瓦・沃拉村，父親是法國人，母親是波蘭沒落貴族後裔。雖然大多數人都認為蕭邦是波蘭人，但是從身世看來，蕭邦其實具有法國血統，而且蕭邦一生的前二十年是在波蘭度過，後二十年則生活在法國。由此可見，波蘭和法國兩個國家對於蕭邦的性格以及作品風格都具有相當程度的影響。

蕭邦初試啼聲

　　有一個傳說就談到，蕭邦在巴黎初試啼聲時，沒有人認
識他，但音樂天才李斯特很快就認出蕭邦是個天賦異稟的音
樂奇葩。他對蕭邦充滿憐惜之情，完全不嫉妒，並有意想要
讓蕭邦在藝術之都巴黎揚名立萬，因此李斯特特意以自己的
名義開辦了一場演奏會，但彈奏的卻是蕭邦創作的曲目。正
當觀眾如痴如醉的沉浸在全新的音樂曲風之際，會場工作人
員在此時逐漸將燭燈一一拿走，當燈光再現時，台上現出了
一張完全陌生的臉孔，儘管大家是如此的驚訝，但還是屏息
聽著醉人的音樂在蕭邦的指下滑動。演奏完畢那一刻，聽眾
無法抑制激動的情緒奮力鼓掌、叫好。蕭邦就在李斯特的有
意加持下，二十二歲那年轟動了全巴黎。李斯特曾這樣讚揚
蕭邦：「他是一位傑出的抒情鋼琴家，他那輕巧、甜美的手
法，以及作品中的獨特魅力，都是無與倫比的。」

　　除此之外，現在巴黎非常有名的普雷耶爾音樂廳（Salle
Pleyel）跟蕭邦也多少有點關係，相傳蕭邦特別鍾情於它的
鋼琴。普雷耶鋼琴是法國作曲家依格納斯．普雷耶爾(Ignace
Pleyel)於1807年所製作。在當時，與他同時代的傑出作曲
家與音樂演奏家對樂器有了新的需求，他為了適應這個趨
勢，所以決定開始以自己的名字為製造的鋼琴命名。而他那
鋼琴演奏家兒子卡密爾．普雷耶爾(Camille Pleyel)，在父
親於1837年過世後，繼承了他的理想，將普雷耶爾鋼琴發

揚光大。在他有心的經營管理下,「普雷耶爾之家」(Maison
Pleyel)成為全世界知名品牌。

　　一八三二年,在一場蕭邦的演奏會上,卡密爾特別把
琴送到演奏廳給蕭邦,兩人從此變成好友。蕭邦也因此只鍾
愛使用普雷耶爾鋼琴。於是,「普雷耶爾之家」就成了蕭邦
專屬的鋼琴供應商。而後無論是蕭邦所有公開的演奏會,或
是在「普雷耶爾演奏廳」,甚至蕭邦生前最後一場音樂會,
都是使用普雷耶爾鋼琴。蕭邦當年曾對普雷耶爾鋼琴讚嘆
道:「Quand je me sens en verve et assez fort pour trouver
mon propre son, il me faut un piano Pleyel.」(當我在感到
熱情和有力氣去尋找我自己的聲音的時候,我就需要一台普
雷耶爾的鋼琴。)

　　根據蕭邦的遺願,他被葬於巴黎市內的拉雪茲神父公墓
(Cimetiere du Pere Lachaise),下葬時演奏了莫札特的奏鳴
曲Op.35中的〈葬禮進行曲〉。在遺願中他還要求將他的心
臟裝在甕裡並移到華沙,封在聖十字教堂的柱子裡。柱子上
刻有《聖經‧馬太福音六章二十一節》:「因為你的財寶在哪
裡,你的心也在哪裡。」

　　這條線現在又連到我所在的巴黎,蕭邦所葬的公墓剛好
就在我學校旁邊,有時候下了課我就會去散散步,順便去找
蕭邦聊聊天,期望他能在音樂上面給我點啟發,我總是掛上
耳機開始放蕭邦的鋼琴曲,閉上眼睛就能感覺到浪漫的鋼琴
詩人正生動地訴說著他的故事,告訴我們他有多少情懷想要

一吐為快。

　　每每到了附近，總會看到很多慕名而來的觀光客，我想，當中應該有很多波蘭人是來看他們所謂的「波蘭的蕭邦」吧！我還記得有一次當我又漫步到這個心靈殿堂，我遇到了些外國的觀光客，有位先生問我：「他是誰？」頓時我也傻住，看著眼前這位「純觀光客」，不知道該怎麼回答他的問題，因為他就是蕭邦，有著說不完故事的鋼琴詩人。

只要走到附近馬上就會知道在哪裡，因為只要跟著人群走，就會聽到導遊在介紹蕭邦的生平。

書上都會寫說蕭邦有著陰柔的氣質，有如女性般的眼睛，我想，套一句現代用語應該就是「娘」，也因為這性格，才有可能做出如此細緻的音樂吧。

Musique Contemporain
聽不懂的現代樂

「Contemporain」在法文是現代、當代的意思，用在藝術的領域裡面，通常指的就是現代藝術或是當代藝術，用在音樂領域裡，這個字就代表著「現代樂」的意思。

現代樂給人的印象就是前衛，吵雜、不和諧、不好聽，所以很多人把聽不懂的音樂都叫做現代樂。真正要講到現代樂的發展，可追溯進入二十世紀以後，西洋音樂史有很大的變化與改革，從奧國作曲家苟白克發表了十二音列系統理論，與傳統的調性和大、小調音階體系完全不同。之後各式各樣的新音樂理論相繼發展，諸如噪音主義、無調音樂、電子音樂及微分音音樂等衍生出各式各樣實驗性濃厚的音樂。這些新音樂都非常的不和諧，完全否定了音樂必須優美悅耳的傳統觀念，因此到現在許多愛樂者還是無法接受這樣的音樂。更誇張的是有名的美國作曲家 John Cage 所做的4'33也是音樂史上的一種突破--透過演出者在舞台上不做任何音符的演出，所產生出的寂靜，加上觀眾的躁動聲構成了一首另類的曲子。

從零開始學起

　　身為一位音樂系的學生，多方了解各種音樂類型是必須的，但以前在台灣的時候，因為也不是正統科班出生，音樂史這門學科的知識對我來說相當陌生，我也是把聽不太懂的就以為是現代樂，當來到巴黎之後，才開始慢慢有所接觸。

　　從零開始接觸現代音樂，絕對不是一件容易的事情，甚至可是說非常有挑戰！其實我跟絕大多數的學生一樣，一開始是很排斥現代樂的！因為它沒有調性、聽起來不合諧、拍子複雜至極、速度變化極大……等等理由都是讓我視為拒絕往來戶的原因。拒絕自然就不想練習，而不練習導致的結果就是每次上課都被老師罵到臭頭，而偏偏各大考試比賽，現代樂更是每每都在指定曲的名單裡面，每次看到都是頭痛的開始，還沒開始練就會有一種想要放棄的感覺，一種由內而外的絕望。

　　和我們在台灣有著很大的不同，法國小朋友的音樂教育學程中，除了讓他們一邊學習古典樂外，每年也會被要求學習一首現代樂的曲目，難度則是依照學齡而漸漸增加，而我初到巴黎時已經二十三歲了，毫不囉唆直接跳過中間的一大塊，從高難度的曲子開始。我第一首接觸的現代樂是 Lucian Berio，他最有名的 Sequenza 系列裡面的 IVb，那種辛苦的感覺，現在回想起來就好像我昨天還在練一樣，也讓我想起它帶給我許多美好與痛苦的回憶（雖然大部分都是痛苦的）。記得剛拿到樂譜的第一天，我很興奮的把它拆開看了

第一行，但之後又原封不動的把它放進我的包包裡面當作一切都沒有發生過……並且在接下來的一星期都不想要碰它。

就這樣開始了我的現代樂之旅——或者可以說是現代樂被罵滿頭包之旅，因為我一點都提不起勁來練它，所以每次上課老師也不知道該拿我怎麼辦，都沒練習又不行，他卻只能對著我罵@#$%^@#$%。這首曲子大概陪伴了我兩年，也就是說，我花了兩年才把它練起來。訣竅就是--把它想成一個瘋女人在台上亂叫，抱怨生活不美滿，抱怨老公不愛她，抱怨孩子不聽話，並且還會在大半夜歇斯底里地鬼吼鬼叫，我竊喜的發現用這種只有我想的出來的想法去了解這首曲子，居然意外的契合，演出起來也很到位。

不過話說回來，這首曲子的確是經典曲目，老師解釋應該要學習它的原因說：「現代音樂是每個音樂家都必須要經過的過程之一，Sequenza是一系列挑戰樂器極限的曲子，基本上各種會需要用到的技巧在裡面都可以學到了，所以練這首之後不管要練什麼都比較容易了！」果不其然，在練了兩年的Sequenza之後，慢慢的我對現代樂不再感到排斥，我漸漸也在過程中理解到：現代樂需要的正是花時間去了解，透過一層層的技巧關卡，抽絲剝繭去了解作曲家的想法，不斷在看似複雜無章法的音符中去尋找音樂的語法，找到隱藏在音符背後的樂句。

Ultra Contemporain

　　再說一個例子，記得有一次老師突然接到法國國家廣播樂團的來電，樂團裡面需要薩克斯風手來演奏一系列現代樂的音樂會，雖然他跟我一樣不是現代樂的 fans，常常對於詮釋現代樂十分苦惱。但是能夠接到國家廣播樂團的邀約是非常難得的機會，他雖然猶豫但是答應了演出，拿到樂譜之後，在上課中他拿出樂譜跟我討論，並且說：「這譜也太難了吧，這邊很難做到、這邊技巧很難…等等。」然後轉頭對我語重心長的說：「對我們來說，現代樂還是很難，所以不只有學生，但是接到樂團邀約，你就是得要練起來，因為身為一個音樂家，這就是你的工作！」

　　音樂會當天我也進場聆聽，老師對這種音樂的形容詞就是「Ultra Contemporain」，有時現代音樂裡面還可以看見某些古典的身影，或是用古典的技法寫出來的曲目，我跟老師把它歸類成「Classique Contemporain」；有些則是完全跳脫古典的範疇，創新、複雜，或是配合上其他的音樂類型，例如：電子音效或是燈光之類的，我們稱做「Ultra Contemporain」。當天音樂會裡面，也有家長攜家帶眷的來聆聽，記得音樂會結束之後，在散場的時候一位老先生對旁邊的家長說：「Bravo，小朋友能夠坐下來聽一整場現代樂的音樂會還沒有吵鬧非常的不簡單喔！」之後周圍的觀眾就為那幾位小朋友鼓掌，在旁的大家也都露出會心一笑。

　　現代音樂儼然已經變成一股新且不可忽視的曲風，身在這個時代，與現代音樂的相遇已經是不可避免的緣分了，常

有朋友苦心建議我音樂會千萬不要開現代樂曲目，因為怕大家聽不懂會睡著，只會感覺演出者在舞台上胡亂吹奏一番，但是這只是沒有接觸過的人會有的想法，其實現代音樂給人的想像空間更大，因為它讓人感覺不到它的規則變化，因此不論是演出者或是聽眾都能有更遼闊的空間去想像自己內心裡的畫面。希望能讓大家透過自己的感受，去了解音樂的多樣化風貌。

現代音樂對我已經從共攏聽無到現在的略有同感了；對它唯有不排斥任何的想法，才能夠跨出更新的一步！常常要勇於冒險才能看到前方美麗的風景！共勉之，希望下次你有機會碰到現代樂時，盡情的發揮想像力的接觸它。

一場現代樂的音樂會，台下大家臉上表情都是一臉疑惑，但是我想台上應該好不到哪裡去，指揮跟音樂家們只要一錯過，應該也是一個疑惑臉。

在咖啡廳巧遇現代作曲家Luis Naon先生！我第一次畢業考，就有挑戰他寫給薩克斯風與鐵琴的二重奏曲「Alto voltango」，融合了很多南美的Tango舞曲的元素，配上薩克斯風很多高難度四分之一音的技巧加上鐵琴的殘響控制，其實聽久了並不難入耳，可惜忘了帶樂譜給他簽名。

Vous cherchez quoi, monsieur?
指揮你西咧看三小？

「看三小」這個台味十足又率直的用語，直接的解釋就是
「看什麼看，有什麼好看」的意思，在較本土台味的生活俚語
隨處可以聽到。繼前職棒選手張誌家在他的手套繡上「看三
小」這個字眼，似乎也在宣告這句話已變得非常通俗了，雖
然聽起來好像沒那麼優雅，但是，有時候用它來表示我們的
心情卻是那麼簡潔有力，那麼的貼切。

指揮，你在看我嗎？

因為學校要求，學生必須要參與管樂團的練習及演出，
以列入成績的計算，理所當然，我在巴黎的其中兩年加入
了SAVIGNY-SUR-ORGE管樂團，藉此豐富我的演出經驗。
話說某個星期二的晚上，是管樂團固定練習的日子，如同往
常，大家又在同一時間同一地點集合練習，特別的是今天我
旁邊坐著一位新來的薩克斯風老師，所以這天練習的時候，
樂團指揮常常往我們的方向看，我心想，以指揮在整個樂團
的地位形同領袖，可能是想表示對新老師的歡迎及關心吧。

　　而這次大家彩排的重點，是即將演出的瑞典民謠組曲，整首曲子由八首小曲子串成，其中的第七首是薩克斯風 solo 的曲子，但其他時間基本上沒有薩克斯風發揮的地方，沒幾顆音符要吹的我，常常在彩排一到六首的時候放空。

　　正當大家聚精會神，各司其職吹好每個音符時，不知不覺第四首小曲子即將結束，準備要接到第五首了，但因為第五首開始的十六小節我們都是休息，於是我把薩克斯風往腿上一放，準備繼續放空，突然我察覺一陣沉默，而且隔了三十秒還是沒有要開始的意思，我還悄悄問了旁邊新來的老師，我知道因為他新加入，今天一定很專心：「現在是第五吧？」他點了點頭，回我：「沒錯！現在是第五。」我放心的鬆了口氣，心想：「呼——那沒我的事。」繼續專心放空，同時眼神飄向指揮，想找出停頓的原因，觀察他到底要不要繼續，發現我竟然跟他四目相交，他居然從頭到尾都一直在看我呀！而且對著我笑！我尷尬的禮貌性回笑了一下，他的眼神透露出一種：「好小子，該你啦！你不知道嗎」的樣子，我也很有默契的用唇語跟他說：「現在是五，不是我，我是七！」他似乎終於懂我說的，低下頭看了一下總譜，突然好像頓悟了一樣叫了一下：「喔！是小喇叭喔！」當下，整個樂團成員的眼神都跟著轉移到了小喇叭那邊，看到準備要 solo 的首席把小號舉在那邊 stand by 很久很久了，礙於指揮一直不下，他也不敢放下來，大家心想：手一定很痠吧！整個樂團爆出笑聲，原來是指揮擺烏龍！而且，這不是他第一次在

同一首曲子、同一個地方、以同樣的眼神看著我而忘記小喇叭了。

那時我真的好希望我的薩克斯風上面也燙印著「看三小」這個字眼，直接簡潔有力的回應指揮，當然他也要看得懂中文才行啊！

指揮 Gerard Leclerc 先生，剛加入樂團初期他並不喜歡我，因為薩克斯風在黑名單上很久了……後來經過我努力經營，儼然變成他手下愛將一名，在新任市長剛上任的那場音樂會，安排我協奏曲演出，還因而登上報紙。

Tzu-Chieh SHEN 看來似乎是很難發音的一個名字，因為司儀大嬸每次都唸錯我名字，有次還直接忽略傑字，念成 Shen Tzu，聽起來豈不是孫子？不過還好一般法國人最會搞錯的 Taiwan 跟 Tailand 他沒有搞錯，台灣倒是有念對，讓我感到欣慰一點點，不然大家看到我打招呼，都雙手合十、三碗豬腳……

第二樂章

巴黎生活

La vie à Paris

Chapter 01

什麼也聽不懂就去法國

才學了三個 月的法文，我就飛去這驕傲的國度。

第一年的語文課程連報名都充滿驚險，

音樂類課程老師們，怕我聽不懂，

所以都用英文跟我溝通，

但殊不知音樂類的專有名詞，

我連中文都不清楚，更何況是英文？

Vous parlez Francais ?

你說法文嗎？

　　在大家的印象裡面，法國人就是一個驕傲的民族，他們瞧不起英國人、不屑美國人，或是說他們根本看不起任何一個國家。的確，某些法國人還存在著這種莫名的民族優越感，法文的「prétentieux」就有自大的、傲慢的意思，通常是用來形容某些高傲的法國人。

來不及學的法文

　　準備到法國唸書前，聽很多留法長輩們的經驗與告誡，就是要把法文學好，聽說如果你可以說得一口好法文，就較容易得到法國人的尊敬與親近。所以在台灣就先去報名上法文課，有點不能輸在起跑點的想法。但是到了巴黎之後發現用處不大，因為在台灣上的法文課，跟在這邊實際聽到法國人說的，完全不一樣，我怎麼聽都覺得像是快轉的CD一樣，每天都是鴨子聽雷般聽不懂！雖然小時候來過巴黎也僅有旅遊的印象，即使我的英文還算流利，但是在這裡你講英文是派不上用場的！

　　所以來到這邊等於一切從零開始，起初因為聽不懂法文，加上大部分的法國人英文也不是很通，所以從去報名索邦的語言學校，到去音樂院註冊都需要有人陪同，藉此機會，要特別謝謝媽文阿姨對我的照顧，陪我去做了很多事前作業，還有他們家的小朋友 Solène，可以說是我第一個法文老師，她教我說星期一到星期天，還有各種顏色。等等日常用語，小朋友很敏感，你發音不正確馬上就被不留情的矯正，有她教我，上課時間總是過得特別快……因為一直唸不好！

　　在我的法文學習之路，印象最深刻，也是最挫敗的一次，就是第一次到索邦語言學校去考分級考，因為剛到巴黎東西南北還搞不太清楚，戰戰兢兢依照規定的時間、規定的地點，踏進教室之後，無料考卷發下來後，我突然覺得好無助，真想哭，因為完全看不懂……就連選擇題的選項都看不懂，更不用說要猜對它了；那時心理的打擊滿大的，覺得自己就是個外來者，格格不入。到哪大家都只說法文，無法與人溝通好痛苦，簡直就像陷入了北蠻之地。

　　想到我是來學習的，多困難也要自己想辦法克服，我只好咬緊牙關。想要融入他們的生活只有一種方法——講很漂亮的法文！對初到巴黎的我的確是一件不可能的任務。第一年的音樂類課程，樂器主修、樂理課，老師們都對我很好，怕我聽不懂，所以都用英文跟我溝通，但殊不知我還是聽不懂，因為音樂類的專有名詞，我連中文都不清楚了，更何況

是英文、法文咧！我就在這種什麼都不懂的狀況下，迷迷糊糊的度過了我巴黎的第一年，在這一年裡，我可以說是把初生之犢不畏虎演繹得淋漓盡致！就是強迫自己在任何時候、任何場合都要開口講法文。

置身當地的學習

　　大家都知道，學習語言最好的方法就是置身於當地，被語言環繞，在當地生活，說的聽的全都是法文，你沒有其他選擇，只能說法文，不然就餓死、無聊死！現在大家問我，我法文怎麼進步這麼多，是語言學校嗎？事實上，我只上了半年的語言課，因為語言學校的學生都來自世界各國，大家法文也都不好，所以語言學校的學生下課之後，大家還是多半用英文聊天。

　　那我的法文為什麼可以講得這麼到位呢？我想那是因為我有一個很聒噪的主修老師！我的老師 Yann Lemarie 在第二學期剛開始就對我說：「今年開始我都會用法文上課了，因為講英文比上你的音樂主修課還要累！」從那之後，我們都一直用法文溝通，老師的話很多，常常會跟我分享很多故事，不僅僅是音樂上的故事，還有他自己遭遇過的事情、他跟他老婆吵架、別人的八卦……等等，我覺得我的法文奠基的方式，就是建築在聽他說故事，很多句子聽久了也就習慣了，單字聽個幾次也會了，不用刻意去背單字、語調是該上揚還是下降，甚至是該怎麼表達自己的憤怒！Merde！（法文大

便的意思，用法就像英文的「Shit」。）

　　而且我發現一個很有趣的現象，在法國，如果你開口說的是英文時，他們就是一副冷淡的模樣；但當你開始說法文之後，即便是你說得很慢，或是你時態用錯，法國人都會對你很有耐性，他們有時候甚至會教你應該怎麼說。有一次我要到學校練習，想要借一間琴房，那時候法文搞不太清楚，Chambre跟Salle亂用，我就跟門房的女士說：「我想要一間Chambre」，她用很疑惑的眼神看我，並且對我說：「這邊都是Salle沒有Chambre，你睡覺的地方才用Chambre。」還教我應該要怎麼說借琴房的問法才有禮貌：「Avez-vous une clé, s'il vous plait？」之後每次要借琴房時，我都記得對她這樣講，她就會給我一個微笑，並且驕傲的跟旁邊的人說這句是她教我的。

　　到了第三年，基本上全部都可用法文溝通了。現在常常會有法國人想要跟我說英文（因為看我髮色，覺得我是外來者），但通常就是一個災難的開始，因為他們說英文時，常常一句話裡面會出現三四個動詞，然後時態也完全跳脫規則，我反而更聽不懂！舉例來說，老師的經典名句：「Do you Did you Don't you …？」他其實只是想要問我懂不懂，但是還沒說到懂這個字之前，光開頭他已經搞混了，後來我們的默契就是，他也不用說到understand了，當他開始Do you Did you Don't you時，我直接就會回答Yes, I do.

　　從以前的Vous parlez francais？（你說法文嗎？）

Oui, un peu.（是的，一點點）升級到 Oui, bien sûr.（是的，
當然摟！）的一路上，過程雖然很辛苦，但是感覺自己越來
越能夠融入當地的生活，時不時也可以跟結帳的店員閒聊一
下、八卦一下哪個女生很漂亮……這種感覺還不賴。

除了英文外，多學會了一種外語，也算是來巴黎學音樂
所附贈的一個很好的禮物，現在去餐廳吃飯或是在地鐵上，
光明正大偷聽隔壁人聊天八卦，常常也變成我辛苦一天的娛
樂了！

以為進到星巴克就能說英文？你看到的仍然是法文，店員的第一反應也還是跟你說法文！去到了法國，哪怕你只會一兩句法文，也不要害怕，Merci 、Bonjour掛在嘴巴上，都可以得到一個善良的微笑做為獎勵。

試著理解，是融入當地文化的重要關鍵，而語言就是理解的第一步，說得像法國人、做得像法國人，才能得到善意的回應，你也才能張開雙手得到些你沒有的經驗。

L'ecole dans la marche

買菜學校，你註冊沒？

開始在國外一個人居住之後，生活上很多大小事情都得要自己料理。在台灣，出家門沒幾步就有便利商店，晚上肚子餓了就有夜市可以吃消夜，但在歐洲一過八點，街道上就一片漆黑，晚上十點之後營業的除了餐廳之外，就剩下酒吧了。生活便利度跟亞洲完全不能相提並論，於是靠自己料理來填飽自己的肚子，儼然成為必需的生存法則。

靠飲食，學外文

說到吃，我個人是個絕對的肉食主義者，對我來說，常常一星期的菜單就是：牛排、豬排、羊排、魚排、牛排、牛排、牛排……無限循環，而就因為這個原因，所以所有肉類的相關單字，是我最早學會的法文！例如：faux-filet就是牛的上腰部位的肉，也就是所謂的裡脊肉排，這個部位的牛肉吃起來瘦肉較多，口感扎實，是我最喜歡的部位。entrecôte就是英文中的Rib eye肋眼牛排的部份，油花較多，非常適合用來煎牛排。而steak haché則是所謂的漢堡肉了，haché

這個字有剁碎的意思，很多不知道的人到了巴黎餐廳，看到有「steak」就很開心的點下去，一定沒發現後面還有個字，結果端上桌吃了一口後，才恍然大悟原來是漢堡排！

海鮮類的法文也很詭異，例如：鱸魚的法文竟然叫做bar，是個認識之後就再也忘不了的單字，害我每次到了酒吧就會想到鱸魚。鱈魚的法文叫做cabillaud，因為法文念起來很像該逼呦（台語諧音，但請原諒我絕對無意……），這也是很難忘記的魚類名稱。扇貝干貝的法文是saint-jacques，不知道的人在菜單上面看到，還以為是一個聖人的名字，不過聖人的名字怎麼可能會出現在菜單上面呢？這同樣讓人摸不著頭緒。羊排的法文則是agneau，念起來是阿牛，但是它絕對是羊肉，絕對不是掛著羊頭賣牛肉。

大家都知道光吃肉不吃菜是不健康的行為，會便秘的！在我們亞洲的文化裡面，青菜跟肉同等重要，甚至更重要。但在巴黎如要常吃青菜，就不是那麼簡單了，因為他們認為光吃起司「fromage」，就足夠幫助腸胃消化了！想到我在台灣最愛熱的炒店，光青菜就有十幾種選擇，但到了法國，最常吃到熱的青菜應該就是大力水手吃的菠菜（épinard），還有花椰菜（brocoli）了。這對於亞洲人來說還真有點遺憾與不便，不過在巴黎生活久了，也慢慢發現，有很多超市設有亞洲專區，賣些亞洲人可能較習慣吃的青菜，但它們的單字同樣有趣。像是白菜的法文叫做chou，中文念起來就像「輸」，要是打麻將的人知道了，應該再也不會吃白菜了吧！

還有，記得有一次陪一位日本同學去露天市集買大蒜，他法文不太好，跟店員講了老半天他要garlic，卻遲遲買不到大蒜，殊不知大蒜的法文叫ail，唸起來就是「愛」，但要是吃多了口氣不佳，別人可就不會愛了。

家鄉口味

居住在國外，難免會有思鄉情結，總是會希望吃到自己家鄉口味的菜，雖然巴黎也有不少華人餐廳，但是窮留學生生活費有限，不可能常去光顧，而且總覺得這裡的中餐少了一點什麼味道，所以三餐都要靠自己下廚。買菜也是我的日常工作之一，我喜歡去逛傳統市集，買菜也鬧了不少笑話：記得有一次我為了要做蒜蓉蒸蝦，想要買新鮮一點的蝦子，特地到露天市集的海鮮攤去買，但是蝦子的法文crevette跟領帶的法文cravate有時常常口誤講錯，我就對店員說：「我要五百克的領帶。」他大笑回我：「領帶你要去拉法葉買，我們沒有賣喔！」整個攤子的人大笑之後，我才知道原來我講錯了，鬧了個大笑話，真糗！我想這就是所謂的「想吃魚就得自己釣」，想要買到自己要買的東西，就先得把法文學好。沒想到逛超市也可以是另外一種語言學校，進出一趟超市，不只是買菜，也學到法文，一舉兩得，收穫良多。

在全世界的菜市場買菜，應該差不多都會聽到一樣的台詞：「新鮮喔！好吃喔！」在法國也不例外，有次去菜市場買肉，肉販先生強力推薦我牛排很好吃，結果本來只想買一塊，最後卻帶了將近一公斤的牛肉離開那裡。

至於那一公斤的牛肉去了哪裡？就變成了我自創的牛排煲飯或是牛肉麵了……花了我三天才把一公斤的牛肉吃完。講話都不自覺哞出來了！

法國棍子麵包（baguette）有時是我一天唯一的一餐，邊走邊啃，常常一天還吃不完一根，但放到隔天他就變成木棒，成為名副其實的「棍子」了！

Chapter 02

街頭即舞台

在國外看到街頭賣藝很常見，
在浪漫的巴黎街頭看到街頭藝人，更平添幾許浪漫色彩。
在離開巴黎之前，
我終於也鼓起勇氣，站在人來人往的街頭，
做個街頭藝術家。
緊張、刺激、怕丟臉，但也獲得了許多喝采與經驗。

Le bateleur

街頭藝人

在國外處處可見街頭藝人的蹤影,走到哪都有人在街邊
演出,不管是音樂、魔術、雜耍……各式各樣、花招百出的
才藝,當然巴黎也不例外,街頭的演出非常盛行,只要在假
日走到聖母院或是觀光人潮多的景點附近,一定可以找到街
頭藝人的蹤跡。

歐洲隨處可見街頭藝人的盛況

在歐洲看到的街頭藝人表演有時會令人驚艷,看到超乎
你想像的演出。有時候是一團的爵士樂,他們自己準備好音
箱、各種樂器,每個樂手賣力演出,帶給大家一首首不亞於
爵士酒吧裡面的 live band 音樂;有時候是一團弦樂團,演
出巴洛克時期的音樂,彷彿帶我們回到以前的歐洲,配上陽
光、巴黎的美景和路上觀眾的掌聲,馬上讓今天充滿開心的
能量。

除了路上之外,地鐵上有時也能看到不錯的表演。當然
我所指的並不是上來地鐵表演背台詞要錢的那些人,他們的

台詞聽到我都會背了：「我今年ＸＸ歲，沒有工作，沒有地方住，我父母從小就把我拋棄，希望大家能夠給我一點錢，或是一點食物，如果沒有，餐券也可以，感謝大家。」然後就開始到處要錢……我說的是有時候帶著手風琴或是小提琴在地鐵車上邊乘車邊演奏的某些音樂家，他們的音樂有時候非常的有感覺，想像一下在巴黎的地鐵裡面聽到手風琴演奏著法國香頌，要是手上剛好有一條法國麵包跟一杯紅酒，然後還剛好搭到地鐵在地面上的（例如地鐵二號線或是六號線），窗外風景正好是艾菲爾鐵塔或是蒙馬特山丘的聖心堂，那就真的是在拍電影了。

有一次我在地鐵裡看到一個很特別的演出，一位先生上來用布條捆住地鐵車廂裡面的柱子，之後就在上面拿起布偶演布袋戲，內容則是在諷刺法國總統薩克奇，逗得車廂裡的法國人呵呵大笑，還好當時已經聽得懂一點法文，否則可就錯過這場好戲。在這個自由的國度裡，似乎什麼時候都可以諷刺時事、政府官員甚至自己的總統。

街頭藝人也有笑話

不過有些時候看到太真實的街頭藝人，反而會讓大家誤會，在歐洲路邊經常可以看到很多雕像，那些雕像有些是用來紀念某位歷史上重要的人物，或曾經是以前皇室的華麗裝飾品，但相信大家多少都看過那種裝扮成雕像的街頭藝人。記得一個朋友跟我說過一個笑話，有位網友在網路上提出了

一個問題:「請問聖心堂下面有一個拿著一朵花的金色雕像是
哪位歷史人物?」大家想破頭都想不出聖心堂下面有一尊歷
史人物的雕像,後來終於有善心人士給了大家一個解答:「如
果你是在說那位拿著紅花的雕像,他叫做ＸＸ先生,他是位
街頭藝人……」

　　再跟大家分享有一次我在聖心堂前面看到覺得最誇張
的街頭藝人,他根本是海獅的好朋友,活生生就是個頂球專
家!這位黑人先生表演足球挑球,只見小皮球在他腳下活靈
活現,以各種不同的姿勢上下左右轉動,但你一定會說:「這
些看梅西或是小羅納多做就好啦!」但他之所以能夠讓人家
印象深刻,一定是有某些非常特別到無可取代的特技。的
確,光看挑球實在不過癮,所以這位先生還表演帶著球爬上
街邊的路燈,攀爬的過程中繼續挑球!看得我是目瞪口呆,
所以我除了用力給予掌聲之外,最終也掏出我的錢包投了兩
塊歐元。

　　街頭的藝術給我上了不少堂美學課,耳濡目染間看過、
聽過不少所謂的平民藝術,從法國香頌到經典爵士樂;從快
速寫生到街頭藝人妝髮大全,這些是在學校學不到的知識與
經驗,那種感官的刺激,也是讓一位藝術家成長的重要養
份。

黑人先生不加入法國國家隊，真是太可惜了。看他攀上電線杆的畫面，
突然腦中浮出一個似曾相識的電影場景，難道是「金剛」？只不過人家
是爬帝國大廈，他是爬聖心堂前面的電線杆。

街頭藝人不但要有一技之長，還要有與眾不同的
地方，這樣才能讓自己在街上變成人們眼中的
unique，所以基本的演奏是一定要的。

Je suis le bateleur

我的街頭賣藝

我一直想著要在離開歐洲之前體驗一下，在歐洲街頭表演的感覺，所以，我也走上街頭開始我的賣藝人生。

街頭賣藝不簡單

要當個街頭賣藝的人，真的需要點勇氣，所以我強拉另一位好朋友，也同樣是薩克斯風演奏家的王翰強，陪我一起上街挑戰。我們因為怕違法受罰，所以選在可以合法街頭賣藝的區域——龐畢度藝術中心前的廣場——演出，那是一個星期日下午，雖然稱不上風和日麗，但是對我來說卻是很特別的一天。

一直到打開樂器箱的那一刻，心裡才開始擔心：會不會沒有人？大家喜不喜歡？一旁的夥伴對我說：「沒關係，既然來了就吹吧！人會來的。」就在這時候，一位華裔先生靠了過來，用中文問說：「你們哪裡來的？」我們回答：「台灣！」就這樣，他投下了第一個銅板，就在我們還沒開始前。我心想：這麼好，還沒開始就有錢賺了！

　　所謂好的開始是成功的一半，在莫札特的音樂下，我們開始了今天的賣藝體驗，因為旁邊有位變魔術的先生，所以人潮全部被他吸引過去，吹完前幾首曲子，我們面前依舊門可羅雀、小鳥幾隻，害我心裡有些許失望，不過，不知不覺就在吹了皮耶左拉的libertango時，圍觀人潮開始蜂擁而上，在認真吹音樂之餘，不斷聽到硬幣碰撞的聲音，與群眾歡呼、拍手的聲音，心裡還滿暗爽的。就在泰勒曼的二重奏奏鳴曲，以及來自四周的掌聲、歡呼聲加上飽飽的荷包下，結束了第一階段的音樂。

　　演奏的途中不斷有人問我們來自哪裡，印象最深刻的是兩位華裔女子，她們丟錢的同時留下了一張小紙條，上面寫著：「Thanks for the wonderful music！」（本來以為是兩位小姐的電話，害我們倆有些失望。）

　　中場休息，前半小時的音樂算了算大約有三十歐元左右的進帳，加上一些看來已經很久不流通的法郎。雖然不及旁邊魔術先生有如吃角子老虎機般的零錢入袋，對於我們來說，滿足的是觀眾的掌聲以及肯定。

觀眾熱情即時回饋

　　休息了一陣子後，我們開始第二階段的賣藝，挑選了另一塊地方，可能是因為周圍太多各式各樣的街頭藝人了，有踢踏舞、有雜耍、有彈吉他的，所以收入不比第一次，但是這時候，有幾位外國小男孩靠近，並且問我能否吹奏我們國

家的國歌,我當然二話不說,愛國情感湧上心頭,開始了我國優美的國歌,「三民主義,吾黨所宗,以建民國,以進大同。」感謝國歌,小男孩們也掏出錢包噹噹入袋。不過第二階段的收入平平,算算大約只有五歐元。旁邊的魔術先生依舊中jack pot,錢如雨下,相較之下不免有些失落。

這次的街頭賣藝,除了有不少歐元進帳之外,也遇到了一些平常接觸不到的人,前來攀談欣賞的人都表現了對音樂有莫大的興趣,因為我們並非演奏流行音樂或是爵士樂,全部曲目幾乎都是古典曲目,讓我對於大家的音樂素養感到欽佩。這天也學到很多,雖然是街頭的大眾藝術,和平時要買票進場的表演方式不同,但同樣都是演奏音樂,要如何吸引住觀眾,哪種曲目較會吸引人,只要走上街頭之後,馬上見真章。地點的選擇也是一門學問,當然最重要的還是要有站上街頭的勇氣,都是一個街頭藝術家要具備的條件。

這也印證了老師的一句話:「There is no easy music!」沒有任何音樂是簡單的,要做好每件事情都有它的方法,也都要全力去做,唯有如此才能成功。希望下次大家看到街頭藝人,覺得他的表現不錯的話,別吝嗇,給他們點鼓勵,讓街頭藝術繼續發展下去!

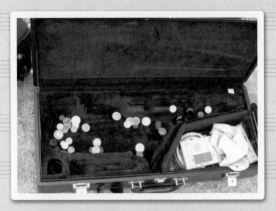

剛開始準備要吹奏的時候，還真怕沒有人會來投錢，雖說走上街頭只是為了體驗看看不同的生活，以往總是經過看人家表演，現在角色互換之後，不知道大家會有什麼反應。直到第一個音還沒下就有錢幣掉落的聲音時，我心裡才暗自鬆了一口氣。

在吹奏的同時，觀察路人的表情是件非常有趣的事情，絕大多數的人都會在經過時停留個幾秒、有些人則是挑好位置坐了下來、也有人頭也不擡的走過，但我想他們都聽到了音樂，哪怕是一秒也好，我希望我感染了他們的心。

Chapter 03

食衣住行在巴黎

在台灣，從事音樂行業的人往往有著衣著豁免權，

不管怎麼打扮，大家都不會見怪。

但在巴黎，什麼場合得穿怎樣的服裝，卻非常考究。

而酒，更是巴黎人不可或缺的必備品，

除了社交生活之外，也是每日生活的調劑。

熱愛自由與民權的巴黎，連罷工也成為庶民生活的一環，

去了巴黎，不體會一下罷工的盛況，絕對少一味。

toutjour bien habillé

永遠注意穿著

　　為了犒賞管樂團的所有音樂家以及音樂院的教師們辛苦了一整年的管樂團練習及演出，Savigny市政府總會在他們的宴會廳（Salle de Fete）舉行盛大的晚宴，我來巴黎後就加入了Savigny管樂團，當然我也在被邀請的名單之內，因為發出的正式邀請函寫明著，時間為星期日中午，想必是個輕鬆愉快的場合，因此我沒多想，穿上襯衫牛仔褲就去赴約了。

　　到了宴會廳我才發現，不僅門口有警衛、領台，憑邀請卡才能進入之外，每個人還有固定位置……一進去我就後悔了，因為大家都是盛裝出席！男士們一律都是西裝打領帶；女士們都是洋裝配上華麗的配件，原來今天市長也會出席跟大家一起用餐，當下我簡直無地自容，巴不得能有個洞讓我鑽進去。正當心中懊惱不已的同時，我已經被非常有禮貌的侍者領到我的位置，萬萬沒想到今天是如此慎重的聚會，甚至我的位置上面還有名牌寫著：M. Tzu-Chieh SHEN，而且從餐前的小點、前菜、主菜到甜點，都是非常精緻的法式料

理，配上香檳和紅白酒，相對於這一切的完美，看來襯衫加牛仔褲會是今天中午唯一的敗筆。

不經一事不長一智

相隔一年之後，還是管樂團成員的我，有幸再度受邀前往聚餐，有了上次出糗的經驗，這次我就知道該怎麼穿著得體，我套上了正式的西裝，並打上精心挑選的領帶，在場的那些女士們紛紛對我說：「愈來愈像個歐洲人了！」我自信的笑了笑，禮貌的回她們：「Merci！」當天就跟去年流程相同，依舊是精緻的法式料理，以及久到不能再久的午餐（一路吃到五點）；唯一不同的就是——喔不！唯二不同的就是，我穿著了適當的衣服，還有市長換人了。

正所謂不經一事不長一智，這次的出糗，對我來說可是意義重大。回想在台灣時，還沒有太多機會出席正式場合，身邊的不論同儕或是長輩，也不會對我的打扮有太多建議，整齊簡單一向是我唯一的指標。但其實除了這個基本必備的條件之外，若你沒有把握身上的牛仔褲與上衣，可以像好萊塢明星一樣，即使在街上被狗仔隨意跟拍，大家都還認同為 Fashion Icon（法文稱之 La Mode）的時尚品味，那就規矩點穿上一套合身的西裝配上一條好看的領帶吧，再來雙簡單樣式的皮鞋，如此可以讓你巧妙且不費力的融入每個正式場合之中，當個「insider」而不是「潦賽的」。

在這裡常常會聽到人家說「tonique」，起初我不了解這個用法，因為 tonique有強身、使人健壯的意思，那麼說穿著tonique又代表什麼呢？ 幾次之後慢慢理解，這個意思就很像英文裡的formal一樣，正式服裝的 意思。每次音樂會，老師都對我說「tonique」，然後再問我：「阿你要打 領帶還是領結？什麼顏色？那你覺得我穿什麼好呢？」Tonique！老師。

這是一場在俄國大使館裡面舉辦的音樂會,用來紀念俄國作曲家Denisov八十歲的冥誕,起初Jerome老師邀請我去參加的時候,他只說要寄邀請函給我,邀請函上面寫著歡迎參加音樂會與雞尾酒會,本來很開心有酒會可以吃吃喝喝,又省下一天晚餐,完全沒料到會是一個門口有警衛、要過安檢門、還有大衣包包要寄物的超正式場合,幸好當天有穿上西裝外套、打上領帶才去,不然配上那些達官顯要們,豈不就丟臉丟大了?

Les vins et la vie
酒與人

據說在古希臘的文化裡面，只有音樂家和舞蹈家能夠參與宴會飲酒，慶幸的是，我不是生長在古希臘，但是我剛好是個音樂家。

入境隨俗飲酒文化

伏爾泰曾在小說中如此描述：「克拉里·艾黎克斯親手倒出泡沫濃濃的阿伊葡萄酒，用力彈出的瓶塞如閃電般劃過，飛上屋頂，引起了滿堂的歡聲笑語。清澈的泡沫閃爍，這是法蘭西亮麗的形象。」在法國的文化裡面，酒是一個日常生活的飲料，就像我們小時候校外教學水壺裡裝的開水一樣平常。老師對我說：「我從十二歲喝下了我第一杯紅酒之後，就停不下來了。」生活在這個法蘭西民族的首都——巴黎，當然也要入境隨俗的養成一下這個代表法國文化的好習慣。

我的親身經歷告訴我，在法國，會喝酒比較容易打入他們的團體！對於音樂家來說，音樂會的例行公事就是要慶功宴，慶功宴結束，才代表整場表演功德圓滿。然而慶功宴的

主角當然並非音樂家，而是酒。大家音樂會完互相問的第一句話就是：「等等去喝酒嗎？」到了慶功宴，大家關注不是誰到了沒，而是今天有什麼酒。

記得某場音樂會結束後的慶功宴，我們在音樂院的音樂廳裡狂歡著，進行到一半，有些人不支倒地，時間是有點晚了，有些人要趕地鐵回家，只剩我依然跟法國人繼續狂飲，我抱定豁出去了，與音樂院的老師們搏感情，已經記不得喝到第幾輪，依稀有印象的是喝完為了慶功宴準備的香檳、紅酒之後，有人拿出了法國人很愛喝但是超級難喝的八角酒（Ricard），在解決掉八角酒之後，某位作曲家先生又到他的辦公室拿了幾瓶烈酒下來繼續喝，慶功宴從本來的三十人，轉眼間只剩下五、六人繼續在奮鬥著，然後我看到我的老師也倒下，躺在三角鋼琴旁邊睡著了，低頭看看手錶，才赫然發現已經早上九點了。

當晚，我簡直是發揮了我語文的潛能，從來不知道自己的法文已經好到可以跟法國人爭吵，而且爭吵的理由竟然是他們喝了酒之後不相信中國歷史有五千多年之久！害我還開始背三皇五帝夏商周給他們聽(而且他們還聽得煞有其事的樣子，明明就完全聽不懂我在說什麼)。隔天早上在整理桌面時，用的方法是一個人在桌子盡頭拿著垃圾桶，另外一人用手把酒瓶全部撥進垃圾桶內，只聽到：匡噹、匡噹……玻璃瓶不斷掉進垃圾桶的聲音，多到完全算不出昨晚到底喝了多少瓶。

　　在巴黎的最後一年，老師把我的主修課排在晚上八點
半，課程結束正好是音樂院關門的時間，我倆總是最後離開
音樂院，結束之後也習慣去小酌兩杯（我從來沒有付過錢，
都是老師請客，不然就是酒保請客）。對法國人來說，工作
後的小酌，可以放鬆一整天的疲勞，也是聊天社交的好時
機。他常常在飲酒的同時跟我分享很多故事，我們會討論音
樂，生活和未來。大喝傷身，小酌怡情，有時候三五好友要
真正談心時，酒也是個很好的橋樑，有些說不出口的話，喝
了酒之後，也變得比較好開口；有些心裡的煩惱，在喝了酒
之後，比較容易暫時忘去。曹操在〈短歌行〉裡面說得好：
「對酒當歌，人生幾何，譬如朝露，去日苦多。慨當以慷，
憂思難忘，何以解憂，唯有杜康。」前人的智慧，怎麼能不
聽呢？來，乾了吧！

整理圖檔時赫然發現我竟然有喝到九點那次還清醒時的照片，與作曲家Lionel Rokita的合照，我絕對不會說罪魁禍首就是他！酒都是他拿出來的！

如果要在法國生活，「Fête」這個字大概能夠列在必會法文單字前十名，Fête這個字如果聽不懂，那就會錯過很多很多非常有趣的活動了！沒錯，看到Fête代表的就是開心、慶祝、狂歡、節日，總之就是會讓你很開心的意思。所以看到路上堆了一堆酒瓶，就知道昨天有人開Fête了。

微醺是最佳的狀態，大概就像這樣——一切事物都變得矇矓美！

歡樂時光

　　大家都知道歐洲人較注重生活品味，文化的不同，使得每個國家對於享受晚餐前的放鬆方式也略不相同，像英國人有喝下午茶的習慣，典型的英式下午茶比較像貴族般的講究，喝茶還要配上三層的鹹、甜點心，可以慢慢閒話家常，同享輕鬆愜意的午後時光。法國人較率性浪漫，喝下午茶較簡單，通常都是到咖啡廳喝個咖啡或是到小酒吧喝個紅酒、白酒或啤酒，relax 一下 。

宣告歡樂時光的牌子

　　接近傍晚的時候，一間間咖啡廳、酒吧外面便會出現「Happy Hour」的牌子，告訴你歡樂時光開始嘍！啤酒、調酒半價或是有優惠的促銷活動，這時候路邊露天座位將會坐滿人，大家小酌啤酒、聊天、曬太陽，悠閒的午酒時間熱烈開場。

　　剛到巴黎的時候，我對一個人進路邊的咖啡廳總是有點恐懼，除了語言障礙之外，我既不喝咖啡，也不太喜歡一個

人喝啤酒，直到有天午後，上完主修課馬上要接著合伴奏，有段尷尬的時間，在Pont Alma（黛安娜王妃出車禍的地方）街頭，肚子實在餓得受不了，我鼓起勇氣，走進了一間路邊的咖啡廳，點了一個三明治、一杯咖啡就在露天的座位坐了下來，剛好桌上留有前一個人留下來的法文報紙，我邊喝著咖啡、吃著三明治，一邊翻著報紙（這時已經可以看得懂報紙了），第一次感覺到，哇！法國人的下午生活就是這樣嗎？我算是完全融入法國人的生活型態了，品嚐有如Shot杯般的咖啡、啃著法國麵包、看著路上人來人往、遠眺艾菲爾鐵塔，配上流利的法文，從那天起我好像很「法國」了。從那之後，我便經常在下午走進咖啡廳，點杯啤酒或是咖啡，享受當個法國人自以為是的優雅感覺。

各式各樣知名酒種

雖然法國啤酒產業發展不如德國或是比利時，但是也是有些滿好喝的啤酒可以解渴。我個人就很喜歡1664與Desperados的口感，甜中帶點水果香，非常好入口，這兩種後來也變成我家冰箱的常客（因為在巴黎買水的價錢跟買酒的價錢差不多，所以乾脆買酒），只要看到Happy Hour名單上有這兩種酒，我就會毫不猶豫點下去，大口啖著冰冰的啤酒是春夏的最好享受，秋冬似乎也不賴。

在巴黎六區有間我很喜歡去的小餐廳，門口放著幾個鋼做的大桶子，第一次去以為是裝飾品，卻原來是裝啤酒

的桶子，他們除了賣外面有牌子的啤酒之外，也有自釀的啤酒，而且非常好喝。後來只要到附近上課，我通常都會進去喝一杯biere blanche（白啤酒）和一片比利時薄餅，下午的 Happy Hour 時間，點小杯的錢等於大杯的量，點太少的話，店員還會虧你是不是不能喝？一公升的啤酒下肚之後，那種微醺總是讓我感覺很開心，時不時可以跟店員聊個天打個屁，學習法式的黑色幽默，讓自己覺得更像個法國人。

我與老師兩人更是音樂院旁邊小咖啡廳的常客，我們幾乎每週固定去報到，喝到酒保都知道我們要點什麼了，老師還開玩笑的說：「我的學位除了在學校修的之外，我在這邊也有修到一張文憑——啤酒文憑！」

有名的大文豪海明威在巴黎的時期，大部分的時間也都消磨在咖啡廳或小酒館，點杯咖啡或酒享受 happy hour 也是他在巴黎的例行生活公式之一，他更在書裡寫道：「酒是幸福、健康和歡樂的泉源。」難道這就是歡樂時光 Happy hour 的由來？

一到下午的時間，看到戶外的位子坐滿型男型女，可說是一種視覺的享受，談笑間聽見的彷彿快轉版的法文穿梭，內容從八卦到時尚，又是一種聽覺的震撼，手裡優雅地叼著香煙，吞雲吐霧時聞到的是種嗅覺的刺激，我嘴裡喝的啤酒、微醺的快樂卻又是種味覺與感覺的歡娛，真的要常常去 Happy Hour 解放一下。

「Desperados」我最喜歡喝的啤酒之一，查了字典才發現這個字有亡命之徒的意思，水果香氣的背後隱藏著 Tequila 的後勁，檸檬真是它的共犯，兩者配合竟然如此對味！逃命之前先來杯這個，是否比較沒有後顧之憂？

La grève, une autre voir de Paris
罷工，另類的巴黎體驗

　　如果你住在巴黎，卻沒有遇到過法國人的罷工，那只能說你真是太太幸運了，不過你也可能錯過了另一種體驗法國生活的經驗。

不可能不遇到的罷工

　　在巴黎住了四年，我經歷過大大小小的罷工，雖然規模不像很久之前法國最嚴重的一次罷工，那次聽說整個交通停擺，嚴重到連車都沒得坐（所以在那之後他們簽訂了一個條約，就算罷工也要維持一定的交通運輸量），巴黎地鐵每天的載運量大且頻繁，而所謂維持一定的運輸量，就是很久才來一班車的意思，所以每一次的罷工都把大家搞得精疲力竭。

　　罷工的理由說來千奇百怪，有反抗政府延長退休年限（從五十五歲延到六十歲，法國的福利已經夠好了！五十五歲退休要做什麼？每天度假嗎？）；年輕人也抗議，抗議工作機會被老人霸佔，工作機會變少了；有的抗議獎金未發放下

來（某條地鐵的獎金每人一百歐元）等等。只要一有不順他
們的意，沒什麼好說的，就是罷工！

手忙腳亂初遇罷工

記得第一年剛到巴黎的冬天，那是我遇到過最嚴重的一
次罷工。

晚上六點的樂理課，我照習慣提早一小時出門，到了地
鐵站卻發現根本上不了車，因為整台地鐵就像灌香腸一樣擠
滿了人，這也是我第一次見識到了法國人的野蠻，只要門關
得上，他們就硬是要擠進去，不管你的四肢貼著多少人的四
肢；記得一位中年男士挺著啤酒大肚硬要擠上車，但是車門
卻卡住他的大肚腩而遲遲無法關上門，於是他請在外面的年
輕人幫他把肚子塞進車子內，車內車外所有的乘客就這樣，
看到年輕人在外面像推相撲一樣推著他的肚子直到門關起來
為止，一塞進去的同時掌聲四起，彷彿完成了一場驚心動魄
的任務！

而背著很重的樂器還在原地的我，看著大家完全不管在
旁邊的是天皇老子，還是阿拉真神，只想著奮力擠上車的盛
況，再看著自己無法順利上課的困境，似乎也是該想個解決
的辦法。心念一轉，我突然想到巴黎的腳踏車系統非常便利
（難道是為了隨時會罷工所做的準備？），於是快步出了地鐵
站尋找腳踏車出租站，但是卻發現腳踏車早已被租借一空，
好不容易有人還了，大家就像搶購限量商品一樣的蜂擁而至

搶著腳踏車，那搶手的情況讓我想到台灣資訊展場show girl
手中拋出的限量贈品——那可是宅男的熱血——而我憑著這
股熱血，好不容易讓我從一點兒也不像show girl的大嬸手
上，弄到了一台腳踏車。

用腳踏車代步趕課

終於騎上腳踏車，毫無準備的我，手中只有巴黎地鐵
圖，沒有街道圖，我只好憑著感覺沿著地鐵路線走地上版
本，正當我佩服自己的方向感，喘呼呼的終於進到教室裡
面，忐忑不安的看看手錶已經七點半（八點下課），老師卻一
派輕鬆的對我說了一句話：「你幹嘛來？罷工就別來了吧！」
我心中os：％＠＃＄早知道就不用這麼辛苦趕來呀！等等還
要再騎回家耶！

當晚我還是選擇騎腳踏車回家，因為地鐵實在太恐怖
了，我不想再去擠沙丁魚，也不知道要等到何時才能擠進
去。那是我第一次在歐洲度過的冬天，尚未適應的我，在完
全還未了解高緯度國家冬天的溫度，出門沒有做萬全準備，
在沒戴圍巾沒戴手套的情況下，還是硬著頭皮跨上了腳踏
車，這次我把巴黎地圖以塞納河為中心，切西瓜式的憑感覺
騎回我家，為了能早點回到溫暖的家而奮力的踩踏著。

撇開天氣凍得讓我想罵髒話外，更倒楣的是，到我家
的路都是該死的上坡路，這時只好正面思考，對一個常以地
鐵為交通工具的我來說，也算是個難得的閒情逸致的休閒運

動，沿著塞納河騎著腳踏車，看著河岸邊的歐式建築倒映在塞納河上，欣賞巴黎的美好風景，才發現夜晚的巴黎真的很美，像極了只有在電影裡面才看得到的場景；再想起剛剛經歷過的一切，我覺得自己已經有點像歐洲人了。

這是在台北不會有的經驗，在台北要把腳踏車騎到快車道上的話，早就被後面的車撞死了，不然就是被喇叭按到爆。

在巴黎有屬於自己的腳踏車專用道，你可以悠哉地一邊看風景，一邊慢慢騎。除了天氣冷了一點、上坡路多了一點外（會累死人的上坡石頭路），其他感覺都挺好的。有機會來到巴黎的話，你也一定要試試看這個環保的交通工具——但不要像可憐的我在罷工的夜晚在攝氏三度的冷天氣下，發瘋似的快騎三個小時回家。

奇妙的回憶

夜晚騎車的感覺很奇妙，明明冷得要死，但外套裡面卻在流汗，好像在兩個不同的世界一樣。看著街道和路邊咖啡廳裡面坐得滿滿的客人開心的聊天歡笑，行人、情人、流浪漢和滿地秋意的落葉，加上想起這是在巴黎，就有一種很浪漫的感覺，腦中就開始播起香頌La vie en rose的歌詞：「Quand il me prend dans ses bras,qu'il me parle tout bas...」

記得那晚伴著我睡覺的，是在街頭騎著腳踏車那種浪漫

的感覺，和一雙痠痛到很硬的鐵腿。

現在的我遇到罷工已經見怪不怪，雖然還是造成諸多不方便，但也不會像以前那樣手忙腳亂、無所適從。之後有初到巴黎的留學生，或是親朋好友來巴黎觀光，恰好又碰上罷工交通一團混亂的時候，我都會帶他們進地鐵站看秀，看那一條條被灌爆的香腸，並微笑的跟他們說：「Bienvenue à Paris！」歡迎來到巴黎。

大家都擠成一團，因為月台上已經太多人，所
以管制進月台的人數，結果就是這樣，不知道
又要等多久才有下一班車。有時候好不容易進
去，連腳都不用落地，反正人多到可以把你夾
起來，於是乎我也變成沙丁魚中其中一塊肉。

Chapter 04

巴黎的喜悅與哀愁

當個留學生，雖沒有充裕的金錢餘裕，
但在每天的生活中，漫步這美麗的城市，
也充滿了各式各樣小小的喜悅與哀愁，
難怪人們常說，這是一個適於戀愛的城市。

Combien pour le Bonheur?
在巴黎，小錢也可以買到快樂

　　某天在地鐵裡，我對面坐著兩個在巴黎隨處可見，類似流浪漢的街頭藝人，穿著打扮雖不入時，但以自身技藝謀生，在歐洲街頭是個獨有文化。這兩位仁兄，其中一位一手抱著吉他，另一手拿著啤酒；另一位手上沒有樂器只有酒，我猜他應該是專職喝啤酒的吧！

街頭巧遇不可思議的即興演出

　　他們自上車後，就有一搭沒一搭的哼唱著沒有旋律可言的曲子，途中經過巴黎某大站時，人潮開始湧進地鐵裡，大家都如沙丁魚般的在有限空間的車廂，尋找自己的容身之處。

　　有一位像是不知從何處來出差洽公的上班族女性，穿著紅色大衣，提著登機箱，擠到我旁邊坐了下來，對面那疑似街頭藝人的流浪漢兩位老兄繼續唱著歌，過了一會兒，這位女士開始跟旁邊的街頭藝人講話，而且是用英文。

　　隔了沒多久，街頭藝人開始彈起吉他，唱起了一首英

文歌，這位女士突然表演慾來了，也跟著開始一起大聲歡唱
（我這才頓悟，原來剛剛這位小姐是在巴黎地鐵上點歌），車
上的乘客們都露出竊笑，並隨著節奏拍手與搖擺，整節車廂
突然變成錢櫃Party world的包廂一樣歡樂，雖然令人措手
不及，事前也完全沒有排練，但大家合作無間，就那麼自然
而然地每個人都開口大聲唱。

　　一首歌曲結束，整節車廂響起了掌聲與喝采！女性從皮
包裡掏出了一些零錢給了街頭藝人，過了一站她就下車了，
車廂裡又回復原本的平靜。

　　坐在旁邊的我，雖然沒有很融入剛才的演唱會，但我感
受到，一位平時在工作崗位上十分認真的女性，進了異地的
地鐵，花了大約兩三塊歐元，就紓解了平時繃緊的神經、與
工作上的壓力，買到了幾分鐘的快樂；而街頭藝人也因為有
觀眾聽他們演奏，還有小姐給他們小費，讓他們得以維持生
計，製造了雙方都滿意的雙贏！

　　原來在巴黎，快樂是可以買到的，而這份帶給群眾的快
樂，雖然小，但對於一個表演者來說，能夠引起共鳴的那份
感動，是花錢也買不到的！

國王餅遊戲看誰最幸運

　　每年聖誕節過後，新年的第一個星期日是法國的主顯節
（L'épiphanie），按照法國的習俗在這個節日會吃國王餅（La
Galette Des Roi），有點像是我們中秋節吃月餅的習俗，對

我們來說，中秋節是為了紀念后羿與嫦娥的故事；而主顯節
則是慶祝救主耶穌在降生為人後首次顯露給外邦人（東方三
賢士）的節日。

邊吃邊玩的法國月餅

在吃國王餅的時候，他們還會搭配玩一種國王遊戲（不
是大家想像中的國王遊戲）──將一大塊國王餅切等份，由
年紀最小的人躲在桌子底下來分配誰吃哪塊，在國王餅裡面
會有一隻小陶瓷娃娃，只要吃到藏在餅中的小陶瓷娃娃，那
個人就可以戴上皇冠當國王或是皇后！

有人說今年當上國王的人要再買一塊國王餅給大家吃，
又有人說這是象徵今年會很幸運，法國的小朋友每到了這個
時節，都會互相競爭比賽看誰吃到陶瓷娃娃，誰就是今年最
幸運的人。

到處都是國王餅

第一次吃到這個法國月餅──國王餅，我就被它一層層
酥酥的派皮，烤得熱熱的時候散發出來的奶油香給深深吸
引，又得知還有這種好玩的遊戲可以玩，讓我每年都很期待
新年的到來（因為才買得到國王餅），看到糕點店、超市都在
賣國王餅，就讓人忍不住也買一個回家跟三五好友一起享受
當國王的滋味。

到一個新的環境，融入當地生活最快速的方法就是入境

隨俗,跟著體驗不同國家的風俗習慣,增加生活的經驗與樂
趣、拓展國際視野也是一種沒有文憑但很重要的學習。說到
這裡,我又想到都會滴口水的國王餅,不時出現在心底的吶
喊:年底快來吧,我已經等不及要吃國王餅了!糟糕!但是
現在回到台灣,萬一買不到它,那我可能就得要自製國王餅
了。

酥脆的餅皮、香甜的內餡，就算不是名店出品，一樣可以
滿足我們！管他多少卡路里，吃了在說吧！

恭喜今天的國王，廖董！你就
是今「天」最幸運的傢伙了。

某天上完課，我拿著相機在路上亂拍風景時，這兩位老兄朝我走過來，並問我能不能拍他們？我心想「why not?」按下了快門喀嚓，拍了他們很開心的邊唱邊跳的畫面就這麼走了，也沒問我要照片或是為何而拍。我想他們只是純粹覺得開心、好玩而請我拍的吧！

只要投下一塊錢，就可以得到整團的人為你賣力演出，有時候整團年紀還超過兩百歲咧！看見他們賣力的演出，為彼此喝采，這不就是最快樂的事了嗎？

Un Taiwanais a Paris
A Taiwanese In Paris

美國作曲家蓋希文曾經寫過一首管弦樂曲叫〈An American In Paris〉，內容是在敘述一位美國人在法國首都巴黎體驗、看見的各種新鮮事物，花都的絢麗、浪漫都在音樂中真實刻畫出來，但是在曲中，卻也掩飾不了思鄉之情，裡面的藍調音樂，就是懷念美國的小證據。

我在異鄉

每次聽到這首曲子，就很有感觸的想到自己以一個留學生的身分來到了巴黎，彷彿自己變成了以前國文課時曾經上過的〈劉姥姥進大觀園〉裡的那個劉姥姥，進到了巴黎大觀園，覺得什麼都很新奇、什麼都很漂亮，因為兩地的歷史、文化差異甚遠，一下子就被歐洲幾百年的古老建築物震撼，一下子又被講起來輕飄飄卻要打結的法文吸引，更被浪漫優雅的法式生活方式感動！

在巴黎散步是我最喜歡做的消遣之一，因為巴黎有很適合散步的天氣，熱的日子不多，冷的日子也還好，隨著行人

的節奏，在音樂裡面，我們用adante行板來表示走路的速度，但是在巴黎，一般行人的速度是比行板更快的，已經可以用allegro快板來形容了！不過我想，這就是大都市的節奏吧，手插在口袋裡，戴上耳機，穿梭於街道間，累了就走下地鐵站，跳進蜘蛛網狀的地鐵，也不用怕會迷路；或是借一台腳踏車，騎在塞納河畔享受左岸咖啡香，看著露天咖啡座的客人，吐著煙圈、喝著香檳啤酒，我很享受一個台灣人在巴黎，享受一個人的浪漫。

　　我的家鄉在台北，現在只是一個流浪在巴黎的台灣留學生，只是巴黎的過客、outsider，但是我很幸福的融入並享受在巴黎的生活。誠如海明威說過的：「If you are lucky enough to have lived in Paris as a young man,then wherever you go for the rest of your life, it stays with you, for Paris is a moveable feast.」如果你夠幸運，能在年輕時待過巴黎，那麼巴黎將永遠跟著你，因為巴黎是一席流動的饗宴。

　　大都市巴黎給人的感覺，就跟身旁的車子飛快的通過一樣，有太多
新資訊、有太多新品牌，還有太多新的人，不可能全部吸收，也不
會有全部看完的一天，只能在有限的視線範圍、有限的腦容量記憶
中，努力的去把每個畫面記錄下來，讓饗宴永遠留在腦中。

巴黎的羅浮宮是世界著名的博物館之一，據說你在每個收藏品前面停留三秒，要花三個月才能把全部館藏看完。

從窗戶看出去，可以看到建在一條直線上的三個凱旋門，從羅浮宮前方的卡魯塞爾凱旋門開始，到戴高樂廣場的雄獅凱旋門再延伸到 La Defense 的新凱旋門，每次來到羅浮宮，我總會坐在窗邊看著這條代表巴黎將進兩百年歷史的軸線思考著，這條線接下來會延伸到哪呢？

Chapter 05

拉威爾宿舍再見

我、我在法國的老師，
以及我在台灣的薩克斯風啟蒙老師，
求學期間都住在這歷史悠久的音樂宿舍——拉威爾公寓。
來自全球各地學音樂的學生齊聚此地，
從每天早上八點起到深夜，
每個房間都會傳出各式各樣嘈雜的樂器聲。

Le foyer pour musicien

孕育音樂家的拉威爾宿舍

　　拉威爾（Maurice Ravel），在音樂史上是與德布西齊名的法國印象派作曲家。二十世紀初期，正是印象畫派興盛時期，而在音樂上面也有所謂的印象樂派，若仔細賞析他們的音樂，就會發現像是一幅印象派的畫作一樣，善於將顏色融入音樂之中，運用不同的和聲結構來描寫風景，據統計，拉威爾相較於其他法國作曲家來說擁有更多的支持者，也被稱為最受歡迎的法國作曲家。

一棟宿舍的師生因緣

　　來到巴黎的第三年，我住進了這個名叫 Maurice Ravel 的音樂宿舍，這個外表看起來像個組合屋的地方，竟然住著許多未來的音樂家，有不同國籍、有各種樂器，而且非常具有歷史跟傳承的意味。我的老師對我說：「我以前也住在那邊！那段日子是我練習最勤勞的日子，也是肆無忌憚猛吹的日子。」

　　之前提過，這宿舍也是我與我兩位老師唸書時的住處。

生活在拉威爾宿舍

在這裡，除了認真練習之外，大家周末會聚在一起吃便飯、喝個小酒（咦？），串門子變成練習之餘的休閒活動之一，有時候你在認真練習，旁邊的人在開 party，就敲敲門進去喝個兩杯，喝了再練！在這裡，可以聽到各種類型音樂，從鋼琴到打鼓、從古典到流行；在這裡，不用怕沒鬧鐘叫你，因為住你隔壁的日本人早上八點就會開始敲鋼琴，咚咚咚咚！不是學音樂的人進到這個大社區，只有一個感覺「氣質」；但是對於念音樂的我們感覺不太一樣，我們只感覺到「很吵」。

完成一首音樂的練習過程，就像是某產品要推出之前的機密生產線，怎麼做、用什麼做、上什麼色……這些都是機密。住在這裡，等於就是把你自己的秘方昭告天下，像政府一再強調的作業體系一樣——透明化，不過也因為這種透明化的關係，我才得以聽到好多好多的音樂，你可以知道旁邊的鋼琴家最近在練什麼曲子，哪個學校又差不多要考試了。有時候就像是聽到好多場的免費音樂會。

每間宿舍的房間與空間都很大，因為鋼琴主修的同學們可能會需要放平台鋼琴，但對於管樂器的我來說，這空間儼然變成一個很好的 PARTY ROOM，畢竟可以橫躺十人以上的場地在巴黎哪裡找？所以我家就變成了我宴客的私人招待所了！每個人家裡的佈置、色調可以間接看出一個人的品味，決定了你房間的定位。就像最後一年，我旁邊住進了一

位上海人，他把家裡佈置得跟外面的酒吧一樣，平時點起蠟燭，加上他又是彈吉他的，吉他拿起來和弦一撥，出來的音樂配上裝潢，我就想要點杯馬丁尼了！而我，喜歡黑色，所以鋪上了一大片的黑色地毯，燈光調暗後也很適合來個兩杯，喜歡做菜的我常常作東請大家來吃飯，一方面當我廚藝的白老鼠，一方面也可以不定期聚會，分享一下大家的近況；每到考試季節，我們也會互相聆聽各自的音樂，彼此給點意見，就像是在家裡開小型的考前音樂會，而這好處可不是隨便住在巴黎其他大小公寓可以有的福利，當你的左鄰右舍都是音樂家才有這種福利！

　　住在拉威爾宿舍這兩年，除了方便練樂器之外，對我來說最大的收穫，就是認識了一群志同道合的好朋友，雖然不一定擅長相同的樂器，但大家對音樂都有同樣的一股熱情，經常聚在一起聽各種音樂，分享對音樂的想法，一起在YouTube尋找不同的音樂，一起發想各種音樂表演的型態，培養了一幫特殊情誼的好夥伴，也是因為住在這裡而相識的緣分，就像我的兩位老師相遇的故事一樣，這一切都是一種很奇妙的緣份，謝謝拉威爾宿舍，我想它會在那裡，一直傳承著每一段緣分，一直不斷的持續下去……

這裡就是位於巴黎市西邊九二省 La defense 附近的拉威爾宿舍，雖然裡面很多即將成名的音樂家，但平常時候是不對外開放的，除非你是帶著食物與酒水進來 Party，那就另當別論。

辛苦練習後，總想來支菸紓解一下壓力，誰知道狗仔無處不在！當心偷拍！她是我一位很好的朋友，也是我心中可被列為台灣之光的一位年輕擊樂家，二十多年來都沒有人畢業於巴黎高等音樂院，她做到了！Good job！

薩克斯風的巴黎熟成日記 / 沈子傑著.
-- 初版. -- 臺北市：大塊文化, 2011.12
面；　公分. -- (Catch；181)
ISBN 978-986-213-307-1(平裝)

855　　　　　100023928